Roberto Cotroneo
Das vollkommene Alter

Roman

Aus dem Italienischen von
Karin Krieger

Insel Verlag

Die Originalausgabe erschien 1999
unter dem Titel *L'età perfetta* im Verlag Rizzoli, Mailand

Druck: Clausen & Bosse, Leck
Printed in Germany
Erste Auflage Frühjahr 2000

1 2 3 4 5 6 – 05 04 03 02 01 00

Das vollkommene Alter

den Menschen, die ich liebe

da bin ich geworden in seinen Augen wie eine,
die das vollkommene Alter hat.

1

Gibt es ein Naturgesetz, das erklären könnte, warum mein Verlangen nach Nunzia ungeachtet der Zeit unversehrt geblieben ist? Ein Gesetz, das mir sagt, warum es keine einzige Nacht mehr gibt, in der ich diesen Körper nicht begehre, bis ich ihn schließlich spüre, als wäre Nunzia noch bei mir in diesen Zimmern, die auf den Garten gehen? Falls es so ein Gesetz gibt, ist es mir ganz sicher unbekannt. Und als sich das Gitter des Gartens nicht öffnete, fühlte ich mich so verloren, als sei nun alle Freude für immer aus meinem Leben gewichen.

Der Garten lag versteckt, auf drei Seiten von Fenstern umgeben, die ihn nahezu einsperrten. Nur eine Innenfront des Palazzos hatte im ersten Stock einen kleinen Balkon, der nach Osten wies und für eine kurze Zeit des Tages sonnenbeschienen war. Dann sank die Sonne, bis sie hinter den Häusern verschwand, die eng aneinandergedrängt verwinkelte Straßen formten, in die früher die Kutschen nicht einbiegen konnten und mit denen heute die Autos ihre Not haben.

Ich kam in die Stadt, und die erste Erinnerung gilt Antonino, dem einarmigen Buchdrucker, der mich fragte, warum ich denn ein Inserat aufgeben wolle, das niemand verstand, noch dazu in dem Blatt, das zwar alle lasen, allerdings nur heimlich. Es roch seltsam in dieser Druckerei, nach Blei und Mandarinen.

»Wollen Sie das wirklich schreiben? Wirklich genau so?«

Ja. Genau so. So wollte ich es. Ich, der junge Lehrer, der da stand – die Hosen noch fleckig vom Rotwein, den man mir im Zug serviert hatte.

»Wollen Sie ..., wollen Sie das wirklich, Signore?«

»Professore, wenn Sie gestatten!«

»Verzeihung – Professore. Wenn ich das richtig sehe, muß ich die Buchstaben auf zwei Zeilen verteilen: ›Wehe durch meinen Garten‹. Und dann darunter: ›Daß der Duft seiner Gewürze ströme.‹ Ströme ohne h?«

Sogar die Zeitung duftete nach Mandarinen, bis zum Verfaulen dort liegengelassen, in der Sonne auf dem Tisch des Café Tripoli genau unter dem Schild Martini & Rossi. Wenn der Hund nicht gewesen wäre, der da ein und aus ging, hätte es ein Photo sein können. Reglos wie dieses Blatt, das Cavalier Attilio Corpaci 1951 gegründet hatte und seither leitete. Corpaci war Freimaurer (das sagten alle) und vor allem ein großer Kenner der Welt, bereit, sich für eine Meldung gegen den Bischof oder diese frischgebackenen Christdemokraten zu verkaufen, die in Wahrheit alte Monarchisten waren, immer noch enttäuscht vom letzten Referendum, obgleich das mehr als zehn Jahre zurücklag.

Der Cavaliere, so nannten ihn alle, war früher Sozialist und 1913 mit Mussolini zusammen beim »Avanti!« in Mailand gewesen. Deshalb ließen ihn die Faschisten später in Ruhe, und das, obwohl er nie in die Partei eingetreten war. Der Duce hatte ihn telegraphisch zum Präfekten bestellt. Er sollte überprüft werden, aber mehr auch nicht. Nicht einmal einen römischen Gruß zeigte er, wenn der Verbandsführer am Sonntag mit seiner Frau spazierenging.

Aber darüber sprach der Drucker nicht: »Wenn man bedenkt, daß ich meinen Arm durch eine Mine auf dem Pasubio verloren habe. Und als ich zurückkam, nannten sie mich einen Sozialisten. Sie sagen, alle Drucker sind Sozialisten.«

»Ohne h, ströme ohne h. Drucken Sie es so«, sagte ich.

Und er befremdet: »Gestatten Sie eine Frage, Professore? Was bedeutet: Wehe durch meinen Garten, daß der Duft seiner Gewürze ströme?«

»Das ist die Bibel.«

Seine Stirn legte sich in Falten. Er wirkte jetzt unzugänglich: »Mit der Bibel treibt man keine Scherze, Professore! Die Bibel wiegt schwer, sie wiegt wirklich schwer. Die Bibel reinigt von den Sünden, wissen Sie? Das Blut. Welche Stelle aus der Bibel ist es denn? Ein Gleichnis? Oder das Evangelium? Ich für mein Teil gehe nicht mehr in die Kirche, seit ich aus dem Krieg zurück bin. Und das ist mehr als vierzig Jahre her. Zum Glück gibt es jetzt den Cavaliere, ein Wohltäter. Er sagt, die Demokratie ist in Ordnung, weil man schreiben kann, was man will. Und diese Zeitung schreibt ganz und gar er, wissen Sie. Von Anfang bis Ende.«

Gelegentlich hörte man ein dumpfes Klicken, das die Stille unterbrach. »Wollen Sie ein großes W für ›wehe‹?« fragte der Drucker noch.

Es kam mir vor, als hätte ich meinem Leben straffere Zügel angelegt. Ich war siebzig Kilometer von hier geboren; mit den Straßen von damals brauchte man noch drei Stunden. Jetzt kam ich aus einer größeren Stadt, um hier Latein und Griechisch zu unterrichten. Man hatte mir eine Tertia am Gymnasium gegeben. Sieben Schüler hatte ich, und drei davon kamen von außerhalb. Der Schulrat warnte mich besorgt: In dieser Klasse war ein Mädchen angemeldet, ein Mädchen unter sechs Jungen! Nie zuvor hatte man an diesem Gymnasium ein Mädchen gesehen. Ich sollte alle Jungen in Schach halten und auf der Hut sein, auch im Gedenken an ihren Vater, der vor kurzem verstorben und ein guter Bekannter des Schulrats gewesen war.

Mit diesen Worten gab er mir die Anmeldeliste. Ich ging die Namen durch und traute meinen Augen nicht. Die Schülerin trug den Namen eines Mädchens, das ich in meiner Zeit als Italienisch-Lektor in Deutschland kennengelernt hatte. Ihr Vater hatte dort Romanische Philologie unterrichtet. Er hatte offenbar zwei Töchter. Die ältere war von »einer verruchten Aura« umgeben, berichtete mir der Schulrat eilfertig; er wußte nicht, daß ich sie kannte. Der Vater war wohl gestorben, als sie noch in Deutschland waren. Nicht einmal Cortison hatte noch etwas ausrichten können. Nach nur sieben Tagen hatte sich der Sargdeckel über ihm geschlossen, und er war mit der Witwe und den beiden Mädchen nach Sizilien zurückgeschickt worden.

»Aber dann wurde auch die Mutter krank«, erzählte

der Schulrat. »Ein Jahr blieben die Vorhänge des Palazzos geschlossen. Sie hätten die Prozession von Spezialisten sehen sollen! Fast täglich kam ein neuer, sogar vom Festland. Und jedesmal gingen sie kopfschüttelnd wieder davon. Dann hatte es auch damit ein Ende, mit dieser Prozession. Und das Begräbnis fand statt. Wissen Sie, damals sah ich auch die große Tochter. Sie war ein paar Monate zuvor aus Frankreich zurückgekommen, wo sie, wie es hieß, bei einem berühmten Professor in Paris studierte. Hysterie, verstehen Sie, sie studierte Hysterie!«

»Die arme Donna Franca«, fügte er noch hinzu. »Von einer Krankheit heimgesucht, die niemand kannte. Zum Schluß lebte sie nur noch zurückgezogen in einem Zimmer und wollte niemanden mehr sehen. Sie bekam Morphium, wissen Sie. Zumindest erzählte man sich das. Und ihre Nerven schienen zum Zerreißen gespannt, bei extrem hohem Fieber. Sie verlangte nach dem Professor, als sei er noch am Leben. Sie wußte nicht, was sie sagte. Sie rief seinen Namen, als sei er der Arzt, der sie retten sollte. Denken Sie nur, wie seltsam das Leben ist! Und wieviel Mitleid es in uns wecken kann.«

Der Professor hatte tatsächlich Ähnlichkeit mit einem bedeutenden Arzt gehabt. Er hatte in Tübingen Vorlesungen gehalten, in einem Hörsaal, der wie ein kleines Theater aussah. In der Mitte der Tisch und ringsum die ansteigenden Bänke. Er wirkte weniger wie ein Philologe als vielmehr wie ein Anatomieprofessor.

Vergessen und vorbei! Über Francesca hatte man

kaum gesprochen, und Nunzia war noch klein. Der Sohn hingegen – der Stiefbruder der Mädchen, der Francesca zum Verwechseln ähnlich sah – war ständig im Gespräch. Er reparierte Autoreifen, gleich hinten an der Strada del Belvedere. Man erzählte sich, seine Mutter sei eine bildschöne Frau gewesen, und sein Vater habe immer den Namen des Sohnes vergessen, als hätte der nie einen Namen gehabt.

Das gehörte zu den Dingen, die Francesca über die Maßen amüsierten. »Einmal fuhr ich mit dem Auto hin«, hatte sie erzählt, »ich hielt an und bat ihn, sich doch mal die Räder anzusehen. Er sah sich aber meine Beine an, die Räder interessierten ihn nicht. Da dachte ich, er muß wohl etwas zurückgeblieben sein, wenn er immer noch nichts verstand! Ich schloß die Beine und fuhr zurück, sonst hätte ich ihn noch angeschnauzt. Zwei Tage später taucht er hier auf. Er sagt: ›Signorina – so redet er mich an – Ihr Reifen neulich war nicht in Ordnung. Aber Sie haben mir nicht die Zeit gelassen ...‹ Ich rief Carmine, unseren Chauffeur, eine unsagbar treue Seele. Er glaubte nicht, daß ich mit dem Auto gefahren war, allein auf dieser Straße. Weißt du, Carmine war an meine Mutter gewöhnt, er durfte nicht durch Schlaglöcher fahren, sonst brach ihr der Schweiß aus, und er durfte nicht rasen, weil sonst der Brechreiz ... So verbrachte mein reifenflickender Bruder eine geschlagene Stunde zusammen mit Carmine. Und von meinen Beinen kein Wort mehr! Er kam nie wieder. Vielleicht weiß er ja jetzt, was los ist.«

Ich hatte eine Klasse voller verschlafener Esel. Alles

Bürgersöhnchen aus der Stadt, bereit, schon am ersten Schultag vor den Zöpfen des einzigen Mädchens der Schule munter zu werden. So war es in den ersten Tagen schwer, das ständige Getuschel der Jungen bei Nunzias Erscheinen an der Tür zum Klassenraum zu unterbinden, doch schließlich gewann die Strenge die Oberhand, und das Getuschel verstummte bald.

Natürlich ließ sich nicht abstreiten, daß durchaus Strenge waltete in diesen Mauern, die oben blaßgelb, unten aber mattschwarz gestrichen waren, um die Fußabdrücke der immer wieder für irgendeine Dummheit bestraften Jungen besser abzufangen. Aber das galt nur für die Zeit der Mittelstufe. Später in der Oberstufe sah man an der Art, wie sie sich kämmten, daß sie sich verändert hatten – mit dem nach hinten gestrichenen Haar, das hinten nicht bleiben wollte und bei einigen steil nach oben stand. So auch bei dem Sohn des Anwalts Spanò, des Kompagnons von Cavalier Corpaci. Corpaci und Spanò galten als die größten Erpresser der Stadt.

»Man zahlte und schlief ruhig«, sagte Antonino, der Drucker, durch die Zähne hindurch. »Zahlte man nicht, mußte ich diese zehn Bleireihen in Windeseile nachsetzen, weil die Zeitung so schnell herauskam. Und wenn er sie nicht fand, begann er herumzuschreien. Aber das waren keine wichtigen Sachen, wissen Sie«, sagte der Drucker mit einem Augenzwinkern.

Antonino sah ich oft nach sieben Uhr im Tripoli, das wenige Monate vor meiner Ankunft renoviert worden war. Es hatte nun sechs Tische, und zwar fünkelnagelneue. Der Tisch, der vorher draußen gestanden hatte, unter dem Blechschild von Martini & Rossi, stand jetzt drinnen in der Nähe des Tresens. Und genau dort saß etwas abseits immer der Drucker, mit seinem hochgeschlagenen Hemdsärmel, der mit einer großen Sicherheitsnadel an der Schulter des fehlenden Arms festgesteckt war. Wie er unter diesen Umständen eine Zeitung drucken konnte, habe ich nie begreifen können. Er bestellte sich einen Wermut, blieb eine halbe Stunde und ging dann wieder an die Arbeit. Und in dieser halben Stunde sprach er nur wenig.

Was mich betrifft, hatte er gelernt, mir zu vertrauen. Vielleicht wegen dieser Geschichte mit der Bibel, die ihn so verärgert hatte, ihm aber auch Bewunderung abverlangte. Fast niemand setzte Annoncen in diese Zeitung, nur ich tat das, aber ich hatte keine Wahl.

Wehe durch meinen Garten,
daß der Duft seiner Gewürze ströme.

Wie ein Leitspruch gedruckt, zwei Verse aus dem *Hohenlied*, die ein Zeichen geben sollten. Sie würde so ein Käseblatt natürlich nicht lesen. Aber jemand könnte es ihr bringen, oder nein: Man würde darüber reden. Sie würde von dem mysteriösen Herrn hören, der sich mit diesem Inserat in der untersten Spalte ankündigte.

»Wieso denn mysteriös?« fragte Francesca später. »Es wußten doch alle, wer du bist, und sie wußten sogar, daß ich dich kenne! Das sind doch nur Hirngespinste von dir!«

Es war nicht schwer zu erkennen, auf welchen Garten sich diese Verse bezogen. Es war ihr Garten – ein Garten, den diese Mutter gewollt hatte, weil sie es liebte, mit Düften aufzuwachen, die wohl niemand hier je gekannt hatte. Und den Gärtner hatte sie aus Heidelberg mitgebracht, hierher in den Süden, in dieses Vorzimmer Afrikas. Er hieß Hans Christian Neumark. Und sein ganzes Wissen gab er an Totò weiter, einen entfernten Cousin des Professors.

»Er ist wirklich groß, Professore. Wissen Sie, wie viele Bäume, Blumen und Hecken es auf diesem ganzen Terrain gibt?« wiederholte Totò, der von jedem seiner Geschöpfe den lateinischen Namen gelernt hatte. Er wohnte nicht im Palazzo, sondern gegenüber. Diesen Garten nachts nicht sehen zu können, nicht immer dort sein zu können, war eine Art, die Familie für seine Macht zu entschädigen. Totò wußte, daß er der einzige war, der die Schlüssel zu diesem Paradies besaß, der einzige, der es am Leben erhalten konnte, der über Leben und Tod jedes Wesens entschied. So gab es einen Zeitraum, in dem diese Schöpfung anderen überlassen werden mußte. Wenn der Abend kam, zog sich Totò in eine Wohnung mit Blick auf einen Hof zurück, auf dem nicht eine Blume wuchs.

Jeder Baum und jede Pflanze hatten ihren Platz und ihr Gleichgewicht in diesem Garten. Aber das konnte ich nicht wissen, als ich mit einem Blumenstrauß in der Hand das erste Mal vor Francescas Gittertor erschien. Ich kann nicht sagen, ob es das anhaltende Läuten der Klingel war oder ob es meine Blumen waren, die die seit langem festgelegten Geometrien störten. Jedenfalls war der Blick von Totò, den ich für einen Portier hielt, nicht gerade freundlich, obgleich er sehr wohl über mein Kommen unterrichtet war und mich erwartete. Totò sah mich ärgerlich an, doch keiner von uns beiden ahnte, wie ähnlich wir uns in der Überzeugung waren, daß sich hinter allem eine Ordnung verbergen mußte, und daß unsere Aufgabe darin bestand, sie ans Licht zu bringen.

»Ein Lehrer denkt immer wie ein Lehrer«, sagte Totò einige Zeit später fachmännisch zu mir. Und fühlte sich dabei in gewisser Weise auch als Lehrer. Doch es kam selten vor, daß er auf ein Wort stehenblieb, und wenn er es tat, dann nie im Garten, sondern immer draußen, vor dem Gitter. Nur dort gelang es ihm, sich frei von diesem blühenden Buch zu fühlen, das er mit Hingabe pflegte. Mit der Zeit sollte ich eine angenehme Dissonanz feststellen zwischen der »moralischen Liederlichkeit« der Bewohner des Palazzos (wie Don Gaetano sich ausdrückte, der viele Jahre Pfarrer von Santa Lucia war) und dem meisterlich geordneten Gleichgewicht dieser Welt aus Farben und Düften, die mit tausend Achtsamkeiten entworfen worden war.

Aber war es denn moralische Liederlichkeit? Oder waren es nicht eher Verwünschungen, von alten Priestern *in camera caritatis* gesprochen und geeignet, den Gläubigen Regeln aufzuerlegen, ohne allzuviel zu wagen, besonders, wenn die Familien einigen Einfluß hatten? Mit der Bibel treibt man keine Scherze, hatte der Drucker gesagt. Doch das *Hohelied* war ein Teil der Bibel, den niemand je verstanden hatte. Ein Gleichnis auf die Liebe zu Gott, trotz all der Sinnlichkeit und der Wohlgerüche aus Salben, starkem Wein und dem Holz des Libanon.

Was konnte der Drucker schon vom Holz des Libanon wissen? Und von meinen Jahren im Internat bei den Priestern, an der Straße oben bei Acitrezza. Jahren von nicht erlaubten Büchern, als man sich an das klammerte, was eben da war. Angefangen beim *Hohenlied*, auf lateinisch von Padre Bernardo vorgetragen, als sei es ein Gebet.

Ich kann nicht sagen, weshalb ich an jenem Morgen beschloß, in die Klasse zu gehen und den Text des *Hohenliedes* zu behandeln. Doch ich wollte lesen, was in den Augen meiner einzigen Schülerin vor sich gehen würde, wenn sie gezwungen war, sich diese Verse anzuhören. Außerdem trieb mich der Wunsch, ein doppeltes Spiel zu beginnen, von dem ich glaubte, mich jederzeit, wenn ich es wollte, zurückziehen zu können.

2

Einmal erzählte mir Francesca von einem Spaziergang an den Stränden der Normandie, wo die Ebbe am Morgen das Schauspiel eines versprengten Heeres bietet. Genauso hat sie es gesagt: eines versprengten Heeres. Austern und alte Fischer, die dir Zitronen anbieten. Und das Schauspiel der sich zurückziehenden Wellen schien Xenophon geschrieben zu haben.

Auch mir schien das Leben anderswo zu sein, in Deutschland, in Tübingen, wohin ich von einer reichen und ehrgeizigen Familie väterlicherseits geschickt worden war. Doch als ich dort angekommen war, wollte ich fast augenblicklich zurück. Auch wenn dort alles perfekt wirkte, und schön, mit einer überall herrschenden Ordnung. Hier dagegen ändert sich tagtäglich etwas. Als vergehe die Zeit im Takt der Stockwerke der im Bau befindlichen Häuser, die die Altstadt umzingeln, als wollten sie sie ersticken und so alles auslöschen.

Ich war nun aus Tübingen zurückgekehrt, wo der Hügel allmählich mit Einfamilienhäusern bevölkert wurde, und hatte auf eine Karriere verzichtet, die mir einen Lehrstuhl in Palermo bringen sollte oder sogar in Neapel, wo mein Großvater unterrichtete. Ich wollte nicht in Deutschland bleiben und schrieb einen Brief an meinen Onkel in Triest, um ihm mitzuteilen, daß ich nach Mailand gehen würde. Onkel Luigi antwortete nicht einmal – sicherlich verärgert über meine fortgesetzten Weigerungen. Auch über die, von Tübingen aus nach Wien zu gehen, um dort Romanistik zu unterrichten. Ich war auch nicht sicher, ob dort ein angesehener Lehrstuhl für mich frei war – einer von denen, die unvergänglichen Ruhm bescheren.

Bei mir zu Hause wußten sie, daß früher oder später alles vorbei und hingeworfen sein würde: Studium und Ehrgeiz. Sie wußten, daß ich so war – träge und unfähig, bei irgend etwas zu verweilen, was das Gefühl von Beständigkeit vermitteln konnte. Wenn meine Schwester Ninetta kein Mädchen gewesen wäre, und das spielte eine beachtliche Rolle, hätte sie mit Sicherheit ein Engagement unter Beweis gestellt, das ich niemals aufbrachte. Aber Ninetta studierte zu Hause, sie heiratete jung, einen Ingenieur von außerhalb, und läßt sich jetzt nur noch selten blicken. Mein Vater sagte immer, mit ihr am Lehrerpult hätten auch die störrischsten Männer gespurt. Das hatte ich bereits bemerkt, und zwar schon lange. Und nicht, weil sie Griechisch besser konnte als ich, sondern weil ich gesehen hatte, wie einer meiner Schulkameraden ihretwegen den Verstand verlor. Er bekam damals so hohes Fieber, daß schnellstens der Doktor geholt werden mußte, und der sagte, es sei ein Nervenfieber.

Tonino war damals sechzehn Jahre alt, ein Jahr älter als ich, und hatte die Quarta wiederholt. Später erfuhr ich, daß er dieses Fieber bekommen hatte, weil meine Schwester ihn nicht mehr sehen wollte. Sein Körper war wie ein straff gespanntes Seil, das von einer Messerklinge sauber durchtrennt worden war. Ihre Treffen hatten immer Stunden gedauert, und Tonino rief im Fieberwahn ständig ihren Namen und erzählte wirres Zeug, Einzelheiten, über die niemand Genaueres wußte. Doch aus der Art, wie seine Mutter uns bald darauf ansah, Ninetta und mich, schloß ich, daß Toninos Worte so undurchsichtig nicht gewesen sein konnten.

In der Stadt flößte Ninetta Respekt und Ehrfurcht ein. Aber deshalb hätte niemand je daran gedacht, dem Gerede Einhalt zu gebieten. Man erzählte sich, meine Mutter und mein Vater stellten sich zwar ahnungslos, seien aber über bestimmte Dinge bestens informiert. Als Nina dann wegging und im Alter von siebzehn Jahren mit einem vierunddreißigjährigen Ingenieur verheiratet wurde, geriet die Geschichte in Vergessenheit. Und es schien, als hätte meine Schwester allen Klatsch und Tratsch der Stadt über meine Familie mitgenommen. Außerdem gab es im Lauf der Jahre immer weniger zu reden. Ich besuchte das Internat, dann die Universität. Mein Vater, der nie gearbeitet hatte, ging nun auch nicht mehr in seinen Klub, verzichtete freiwillig auf das Kartenspiel und vertiefte sich statt dessen in die Abfassung eines Essays, über den kein Mensch je etwas in Erfahrung bringen konnte. Was meine Mutter betraf, so verlor ihr Leben nunmehr auch den Reiz mondäner Gesellschaften. Nur wenn Ninetta zu Besuch kam, erwachte das Haus zu neuem Leben, und die Verwandten fanden sich ein, um sie und die drei Enkelinnen zu sehen – sowie meinen Schwager Alfredo, der so starr und steif war wie die Brücken, die er in ganz Italien baute.

Auch deshalb war ich von Tübingen nach Mailand gegangen. Deutschland war mir plötzlich grau vorgekommen. Als ich meinem Onkel in Triest schrieb, ich könne nicht länger in Tübingen bleiben, wußte ich nur zu gut, daß das eine Lüge war und daß dieser Verzicht einen hohen Preis hatte. Nur Ninetta verstand es, wie immer. Ninetta war inzwischen dreißig Jahre alt, aber sie hatte sich nicht verändert. Ich sah ihr an, daß es sie sehr bewegte, mich einem Gefühl wehrlos ausgeliefert zu sehen, das sie wohl genau kannte. Zumal Alfredo als Mann nicht der Typ war, bei dem eine Frau den Verstand verlor. Wortkarg, und zu sehr gealtert, wenn man bedachte, daß er noch keine fünfzig Jahre alt war. In letzter Zeit war er immer öfter unterwegs, auf irgendeiner weit entfernten Baustelle. Ninetta und die Mädchen begleiteten ihn nicht und kamen nach Hause zu unserer Mutter, um durchaus auch ein oder zwei Monate zu bleiben. Alfredo rief jeden Abend um neun Uhr an, wie zu einem festen Termin. Er war langweilig wie das Klingeln unseres schwarzen Telephons, das muß man schon sagen.

Inzwischen waren diese Abende für mich in weite Ferne gerückt. Obgleich ich nach meiner Rückkehr nach Sizilien ohne weiteres wieder hätte nach Hause fahren können, wann immer ich gewollt hätte, tat ich es schließlich doch nicht. So kam es, daß Nina es war, die mich in S. besuchte, ohne die Kinder. Manchmal auch ohne Vorankündigung. Als wollte sie mich und mein Leben überraschen. Nur daß S. eben keine große Stadt war und Nina nicht unbemerkt blieb.

Natürlich war auch Francesca nach ihrer Rückkehr

zunächst nicht unbemerkt geblieben. Frech und resolut, wie sie war. Aber dann kam Nunzia, die von heute auf morgen etwas anderes wurde, und ihre Veränderung war so eklatant, daß ich verstand, wie überwältigend der Übergang vom Kind zur Frau ist. Und das nicht nur in den Körperformen, in der Herausbildung der Rundungen, sondern auch in der Art zu sprechen und vor allem sich zu bewegen und andere anzusehen.

So begann Francescas Anziehungskraft von Tag zu Tag zu schwinden. Jeden Morgen, wenn ich in die Klasse kam und ihre Schwester Nunzia sah, begriff ich, daß ich in eine Welt eingetreten war, die keine Gesetze kannte und die mich schon bald über das Erlaubte hinaus bringen würde.

Wie ich eigentlich zu dem Entschluß kam, in dieser Klasse und besonders für sie, für Nunzia, das *Hohelied* zu lesen, könnte ich nie und nimmer sagen. Ich brachte das Buch einfach mit in den Unterricht und begann langsam vorzulesen:

Der Feigenbaum hat Knoten gewonnen,
und die Reben duften mit ihren Blüten.

Dabei versuchte ich zu erkennen, inwieweit die Röte ihrer Wangen Scham oder Verlangen war, oder das, was am meisten zählte: beides in einem. Die anderen Schüler litten nur unter diesen aus dem Lateinischen übersetzten Worten, die ihnen unverständlich waren, und sie warteten ausschließlich auf den Augenblick, da sie endlich gehen durften, in der Tasche Tabak und

Zigarettenpapier oder auch einmal eine Schachtel Turmac, wenn die Dinge gut liefen. Ihre Mitschülerin war in eine Welt eingetreten, in die sie nicht einmal einen Blick werfen durften. So blieben sie abseits, bis ihre Gedanken schließlich ganz woanders waren. Inwieweit ihnen das Wunder, das sich da vollzog, doch irgendwann bewußt wurde, kann ich nicht mit Sicherheit sagen. Zunächst begriffen sie überhaupt nichts. Vielleicht, weil Nunzia älter war als sie. Sie hatte ihnen zwei Jahre voraus, in Umzügen verlorene Jahre, und in Trauerzeiten, die sie von der Schule entfernt hatten. Diese zwei Jahre schufen einen Abstand, der für dieses Alter unüberbrückbar ist.

Bis zu meiner Begegnung mit Francesca hätte ich geschworen, daß mein Leben sich in Deutschland abspielen würde, später vielleicht in Mailand oder in Neapel. Dann aber merkte ich, daß ich mich ihren Entscheidungen anpaßte. Denn als ich nach S. zurückkehrte, tat ich es einzig mit dem Gedanken an Francesca, und ich dachte an keine andere Welt außerhalb derer, die sie mir beschrieb, und außerhalb dieses Gartens, von dem sie sagte, daß sie ihn »nicht ausstehen« könne: »Solche Gärten gibt es auf Sizilien nicht, denn auf Sizilien lassen sich die Gärten der Palazzi offen anschauen, genauso wie die Frauen. Aber meine Mutter hat ihren immer vor allen versteckt.«

Lange Zeit habe ich mir diesen Ort und vor allem die Zimmer, die zum Garten hinausgehen, als einen Raum vorgestellt, in dem alles geschehen kann. Ich wußte nicht, daß das Verlangen sich manchmal verdoppelt und sich verdoppelnd sein Zentrum verliert.

Ich fürchtete den Skandal, als es noch zu früh war, von einem Skandal zu sprechen, denn es war überhaupt nichts passiert. Im Gegenteil, die Welt schien sich von mir zu entfernen, als werde sie von einer Magnetkraft angezogen, die alles fortnahm, statt es heranzuholen. Nunzia aber kam mir entgegen – bereit, in Erscheinung zu treten. Als sie es dann tat, hielt die ganze Stadt inne, geblendet von diesem Anblick. Erst von diesem Zeitpunkt an begann man in der Stadt, mich zu beobachten. Ich war von einem jungen Mädchen verführt worden, das an Privilegien und Wohlstand gewöhnt war, bereit, sich alles zu erlauben, was keiner anderen gestattet gewesen wäre. Ein Onkel aus Palermo verwaltete das Erbe der Schwestern, und eine alte Großtante garantierte die Anwesenheit eines Erwachsenen in diesem Palazzo, obgleich sie schon längst nicht mehr ganz bei sich war. Daher war der eigentliche Herr über alles wohl dieser entfernte Cousin, dieser Totò, den Francesca als den »genius loci« bezeichnete: »Er möchte unserem Leben eine Ordnung geben – mit den Geometrien seiner Blumen.«

Totò entging nichts. »Wissen Sie, Signora Nunzia erinnert mich sehr an ihre Mutter, sie hat die gleiche Art zu reden«, sagte er, als sei es eine Warnung. Und Francesca: »Meine Schwester Nunzia ähnelt meiner Mutter aufs Haar. Auch darin, wie sie Totò behandelt. Als sei er ein armer Schlucker, der dazu verurteilt ist, ihren Garten zu pflegen. Dabei ist Totò ein entfernter Cousin dritten Grades.«

Damals mochte er vierzig Jahre alt gewesen sein, doch er wirkte jünger. Er war ohne ersichtlichen

Grund vom Militär ausgemustert worden. Aber das war nicht weiter verwunderlich, es war schließlich klar, daß einer wie er nicht in den Krieg zog, mit all den promovierten Cousins und mit einem Onkel in Taranto, der Admiral war. Pflanzen liebte er seit eh und je. Nach dem Krieg hatte er sich um die Ländereien seines Vaters gekümmert. Dann der Paukenschlag: Donna Franca erwählt ihn, damit er an der Seite von Hans Christian Neumark einen Hof mit ein paar Bäumen in ein Wunderwerk verwandelt. Fünf Jahre mit Neumark, der außerhalb des Palazzos offenbar nie auch nur ein Wort mit irgend jemandem wechselte, so daß dafür Totò zuständig war, der auf diese Weise einen Ausgleich für sein bescheidenes Leben fand.

Die Pflanzen kamen per Schiff. Niemand im Städtchen konnte begreifen, wie sie diese Reisen, die in den südlichen Meeren begannen, überdauerten. Man sagte, daß Zauberei im Spiel sei, daß es zwischen Donna Franca und dem Mann, den alle »den Deutschen« nannten, etwas gäbe, das »man nicht verstand«. Und als Antonino, der einarmige Drucker, sagte, daß »man nicht verstand«, zögerte er und schaute sich vorsichtig um, für den Fall, daß der Cavaliere auftauchte, der die Gerüchte seinerseits zu nutzen verstand, doch für Donna Franca hatte er stets eine Schwäche gehabt, auch als sie tot war.

Und wenn man Glück hatte, konnte man den Cavaliere im Tripoli von einem Fest erzählen hören: »Es war 1934, die vornehmste Gesellschaft der Stadt war da, und sie waren erst seit kurzem verheiratet.

Donna Franca und der Professor, meine ich.« Und obwohl das Stück, das das Orchester damals gespielt hatte, in den Erzählungen des Cavaliere jedesmal einen anderen Namen trug, blieb der Blick, den Donna Franca ihm zugeworfen hatte, als sie mit ihrem Mann tanzte, doch stets der gleiche.

Wer konnte das bestreiten? Wenige in der Stadt erinnerten sich noch an diesen Tag. Und war es nicht überhaupt so, daß die Feste alle in Catania oder in Palermo stattfanden? Aber daß der Cavaliere ein Mann mit einer blühenden Phantasie war, war allseits bekannt. Und jedem, den es in seine Wohnung verschlug, die er vor kurzem in einem Mehrfamilienhaus in den Neubauvierteln gekauft hatte, zeigte er stolz eine Geige, die er aus einem Kasten nahm und von der er sagte, sie sei eine Stradivari. Er behauptete auch, ein Gemälde von Goya zu besitzen, das er in einem Bankschließfach verwahre. Geschichten, die eine Gesellschaft hätten beeindrucken müssen, die ihn statt dessen ignorierte – ihn und sein kleines Erpresserblatt.

In jenem Jahr 1934, als Antonino, sein Drucker, alle Hoffnung aufgegeben hatte, als Postbeamter unterster Klasse eingestellt zu werden (eben wegen des Arms), hatte der Cavaliere, so erzählte er, zu jenem Fest seinen dunklen Anzug angezogen und Donna Franca, »der ich schon mehrmals begegnet war«, erblickt. »Sie blieb immer an dieser Ecke dort stehen und schaute zum Café herüber. Zu dem Tisch, der immer mein Tisch war. Aber dann traf sie den Professor, und der Professor war der Professor. Mit Ländereien, die bis Noto reichten. Und mit dem Benehmen eines Menschen, der alles wußte ...«

»Man verstand das nicht so recht«, sagte der Drukker und meinte Donna Franca und den Deutschen. »Die anderen verstanden nicht so recht, wir aber wußten«, lächelte Francesca. »Neumark war ein Zauberer. Er sprach wenig. Nunzia war noch klein und hatte Angst vor ihm. Totò natürlich auch. Du hättest sehen sollen, wie er dastand, wenn ein Baum kam, den er nicht kannte. Kerzengerade! Er sah aus wie ein Zinnsoldat. Wenn es heiß war, schwitzte er unbeschreiblich. Er schwitzte, doch er blieb reglos in der Sonne stehen. Ich dachte: Gleich fällt er um, Achtung, gleich fällt er um! Aber er blieb reglos stehen und schwitzte weiter.«

Und Neumark? »Er schien kein normaler Mensch zu sein. Die Nächte verbrachte er angeblich in der Bibliothek. Um seine botanischen Bücher zu sortieren, die er dann hiergelassen hat. Die Bibliothek liegt aber genau zwei Zimmer vor dem von Mama. Sie starb wenige Tage vor seiner Abreise. Zuviel hatte sich verändert, und Neumark war nicht gerade amüsant. Und ich, die immer von und nach Frankreich pendelte, fand ihn jedesmal unruhiger vor. Aber den Garten, das muß ich zugeben, jedesmal schöner.«

Francesca redete und verbarg ihr Gesicht, als wollte sie sich vor den Fenstern des Palazzos schützen, vor denen, die nach vorn hinaus zeigten, auf die sogleich abbiegende Straße. Diese Außenfenster waren wie eine Bedrohung. Francesca hielt sich fern von ihnen, als sei ihr schwindlig. Nunzia dagegen konnte Stunden an den Außenfenstern zubringen, fürchtete sich jedoch davor, aus den Fenstern zum Garten zu schauen, als hätte sie noch immer Angst vor seinen Mustern, vor den von Neumark entworfenen Geometrien, und vor dem Heckenlabyrinth, das später zerstört wurde.

Nunzia fürchtete diesen Garten und liebte ihn zugleich. Aber Totò, den Hüter der Geheimnisse, liebte sie nicht. Ihn, der diese Muster zu retten verstand, die sein Meister geschaffen hatte, und es auch mit allen Mitteln versuchte. Denn nach Neumarks Abreise war der Garten nicht mehr derselbe, er verlor an Frische und Schönheit wie die Lebensalter. Er hatte jene Vollkommenheit eingebüßt, die Bewunderung hervorruft. Doch wie die Lebensalter war auch der Garten in seiner Unvollkommenheit mit den Jahren reizvoller geworden. Ebenso wie Francesca. Noch immer schön, aber mit etwas, das den Ausdruck ihrer Augen verändert hatte, als könne die Zukunft ihr Leben auf den Kopf stellen.

Francesca war schön, doch anders als Nunzia, die der Welt jede Dreistigkeit zu entreißen schien, um sie wie eine Mitgift mit sich herumzutragen. Daß Francesca das wußte, stand außer Zweifel. Daß sie darunter litt, glaube ich noch immer. Ich weiß nicht, wann sie merkte, daß Nunzia nicht mehr die kleine Schwester war, vor allem nicht für mich. Vielleicht nur einen Augenblick, bevor ich selbst es erkannte, doch von diesem Moment an veränderte sich unsere Beziehung.

Ich las in diesen Monaten noch einmal das *Hohelied* und staunte erneut darüber, daß diese Verse in die Bibel gelangt waren. Ich wußte nicht inwiefern, doch ich hätte geschworen, daß Nunzia es bestens kannte, und zwar lange, bevor ich es vorlas – durch die Art, wie sie mich musterte, und durch ihren Blick, der mich im ungewissen ließ. Während Francesca eine Frau war, die zurück in die Vergangenheit schaute und ständig das Bedürfnis hatte, alle Regeln zu übertreten, da sie in ihrer Welt jene Freiheit für sich ganz selbstverständlich beanspruchte, die ihr durch ihre soziale Stellung gewährt wurde, gab es für Nunzia etwas anderes, etwas Archaischeres.

Ihr genügte es nicht, alle mit ihren gesellschaftlichen Privilegien zu konfrontieren, zuallererst mit dem, Anstoß erregen zu dürfen. Es war bedeutend mehr. Es war *Leidenschaft unwiderstehlich wie das Totenreich*, und es war ein Blick, dem man nicht lange standhalten konnte. Ihre Kameraden ignorierten sie schon bald wie ein allzu fernes Objekt der Begierde. Auch deshalb hegte ich die Illusion, meine Leidenschaft wie ein Geheimnis genießen zu können.

3

Es war in der ersten Stunde, während der Anwesenheitskontrolle. Ich hatte ein leichtes Kratzen in der Stimme, das, nahm ich an, niemand bemerkte. Nur Francesca hätte es gehört, wenn sie dagewesen wäre. Meine Stimme kratzte, und ich war eigentlich sicher, daß niemand in der Klasse es bemerkte. Außer Nunzia, die mich sonderbar ansah, ganz als verstünde sie meine Verlegenheit.

In der Stadt erzählte man sich, ich sei in Deutschland ein Schüler ihres »armen Vaters« gewesen. Aber das stimmt nicht, ich hatte in Neapel studiert. Und außerdem Philologie und nicht Philosophie. Man erzählte sich, wie ich später erfahren sollte, Francescas Mutter sei dagegen gewesen, daß ich sie heiratete. Doch der Professor, ja der war dafür! Ich war reich, natürlich, doch nicht reich genug, daher sei mir verboten worden, sie zu sehen, zumindest solange Donna Franca lebte. Aber auch das war nicht richtig, keiner von uns beiden hatte je ans Heiraten gedacht. Und der Professor hatte gewiß nicht die Zeit, sich um unsere Beziehung zu kümmern. Es muß gesagt werden, daß die Einstellung des Städtchens zu dieser Familie immerfort von Befremden geprägt war, egal, worum es ging. Angefangen bei der Tatsache, daß der Professor nach 1934 aufgehört hatte zu unterrichten. Ganz zu schweigen von Deutschland! Sizilien nach dem Krieg mit diesem Ziel zu verlassen, dessen Namen niemand richtig aussprechen konnte: Tübingen! Das klang wie Metall. Und mit den Ländereien, die diesem Cinquefrondi anvertraut wurden, von dem doch jeder wußte, was er daran verdiente! Die große Tochter hatte sich ja auch verändert. Das mußte da oben passiert sein, wo auch Frauen arbeiten und an der Universität unterrichten. Und das, obwohl der Fürst von Francavilla Francesca haben wollte, der zudem den für sie richtigen Altersunterschied hatte! Achtzehn Jahre mehr hätten sie schon wieder in die richtige Spur gebracht. Auch wenn ja fast zuviel über den Fürsten von Francavilla geredet wurde. Und über diesen jungen Burschen Vincenzo, der als Sekretär für ihn arbeitete. Auch über dieses eine Mal, als der Bauer aus Versehen zu einer Zeit in den Lagerschuppen kam, da er nicht hätte dort sein sollen.

»Ich habe Vincenzino gefragt, ob es stimmt. Ehrlich! Du kannst dir nicht vorstellen, wie er mich angestarrt hat. Es schien, als hätte er den Teufel leibhaftig unter dem Tisch hervorkommen gesehen. Er sprang so abrupt auf, daß der Stuhl wegflog, und mit dem Stuhl Papiere und Lampe. Ich fragte: ›Vincenzino, was hast du denn? Sie sagen, ich soll ihn heiraten? Also sag du mir, ob er lieber Frauen oder lieber Männer hat, dann weiß ich es vorher!‹«

Francesca erkundigte sich bei allen. Der Fürst interessierte sich für Frauen, Männer, erlesene Weine und Kokain. Vor allem für Kokain. Das war im Laufe der Jahre das einzige, was ihn noch reizen konnte. So sah er mit kaum fünfzig aus wie ein siebzigjähriger

Greis. Und die Geschichte dieser Hochzeit, zu der jeder seine eigene Theorie hatte, landete im Buch der Träume.

Wie auch die Geschichte von Neumark und der blauen Palme, die mit einem Schiff gebracht wurde, als sie schon riesengroß war, und die am Tag der Sommersonnenwende im Hafen eintraf. Es hieß, das Schiff komme aus Guadeloupe und transportiere ausschließlich dieses eine Exemplar der *Erythea Armata.* Und drei Männer hatten Gelbfieber bekommen, und der Kapitän hatte sie auf einer Insel zurückgelassen, damit nicht alle anderen auch angesteckt wurden.

Wer weiß, ob es stimmte. Oder ob es ein Märchen war. Aber Francesca gefiel die Geschichte, während Nunzia sich in ein anderes Zimmer verzog. Doch die *Erythea,* die sie aus Guadeloupe mitgebracht hatten, war von ergreifender Schönheit. Sie stand weit von den anderen Pflanzen entfernt, so daß man sie von jedem Fenster aus sehen konnte, und man mochte nicht recht glauben, daß sie unter so dramatischen Umständen gekommen war.

Na und? Es war schon so, daß man viele Geschichten im Grunde nicht glauben konnte, daß sie ausgedacht waren. Wie die von Cavalier Attilio Corpaci, der in einer Welt lebte, die nur teilweise mit der Wirklichkeit übereinstimmte. Der Rest bestand aus Versatzstücken, aus Korrekturen der Phantasie. Auch der Blick, den Donna Franca ihm zugeworfen haben sollte, war eine kleine Korrektur, und auch die Artikel seiner Zeitung, die alle heimlich lasen. So verkaufte er zwar wenig, aber es wurde viel darüber geredet.

Die Geschichte von der Ankunft der *Erythea Armata* war auch so eine. In der Stadt erzählte man sich, daß sie fünfundzwanzig Meter hoch war, als sie auf einem Segelschiff eintraf, das wie ein Ozeanriese aussah. Und es war Nacht, als sie kam, und sie war schon sechs Tage überfällig. Und an diesen sechs Tagen – an allen sechs – hatte es eine helle Aufregung gegeben, niemand hatte den Palazzo verlassen. Es hieß, sie komme aus Peru, und wenn man ihre Blätter rieb, verströmten sie wunderbare Düfte (deshalb wollte man so einen Baum haben, an dessen Namen ich mich jetzt wieder erinnere: »Falscher Pfeffer«, denn im Herbst bekommt er wie der Pfeffer rosarote Früchte).

»Wißt ihr, daß sie einen Leoparden im Garten gehalten haben?« sagte ein greises Männlein im Tripoli. Es lag auf der Hand, daß das überhaupt nicht stimmte. Aber es spielte keine Rolle. Die Phantasiegeschichten heilten die Wunden, die die Zeit geschlagen hatte. Leoparden gab es nicht in dem Garten, doch die Mädchen wuchsen zu Tieren heran, die man erforschen, studieren und sogar einfangen konnte. Dabei war an Einfangen nicht einmal im Traum zu denken, und die Bewunderung für die Mädchen beschränkte sich auf das emsige Studium und die Beschreibung ihrer Reize. Sie, Francesca und Nunzia, wußten, daß sie bei jeder Gelegenheit, da sie auf der Straße am Tripoli vorbeikamen (obgleich das Café Vittorio auf dem Korso sehr in Mode und ausgesprochen gut besucht war), Zentimeter für Zentimeter gemustert wurden, wenn auch mit dem gehörigen Respekt. Aber ich für mein Teil wußte noch nicht, daß ich im Begriff war, in den großen »Atlas« einzugehen, den die Stadt zusammengestellt hatte. Da ich ein Fremder war, gab es über mich und die ganze Geschichte bald keine Einzelheit mehr, die nicht bekannt wurde. Sogar auf welcher Bank Nunzia saß, wußten sie. Auf der ersten vor mir, rechts am Fenster, so daß, als dann der März kam und mit ihm mehr Licht, ihr Gesicht von der Seite angestrahlt wurde und ihre Kleider durchsichtig wurden, und alles um mich her und in mir schien sich zu ändern.

Wenn ich es genau bedenke, kann ich sagen, daß es wohl wirklich diese Monate waren. Nicht gerade April, der fast am Schluß des Schuljahres lag, aber Ende Februar, wenn die Luft anders zu duften beginnt und es Morgen gibt, die bereits sommerlich anmuten.

Als ich begann, das *Hohelied* vorzulesen, gab es nun nichts mehr, was mich hätte aufhalten können.

Dabei war Francesca nicht aus meinem Leben verschwunden. Ich träumte damals oft von ihnen, von allen beiden, als seien sie ein und dieselbe Frau, und ich erwachte sehr verstört aus diesen Träumen. Aus Träumen, die sich in verschiedenen Variationen allmählich wiederholten und in denen die ganze Stadt vorkam, auch mein Vater und meine Schwester. Doch Nunzia und Francesca blieben stets ein und dieselbe Person. Ihr Gesicht war das einer Frau, die ich nicht kannte, aber ihr Körper war der von Nunzia. Im Traum erschien mir eine dunkelhäutige, sonnenverbrannte Frau mit rabenschwarzem Haar und hohen Wangenknochen.

»Du träumst von der Frau aus dem *Hohenlied*, sie ist sonnenverbrannt und hat hohe Wangenknochen«, sagte Francesca amüsiert. »Siehst du den Granatapfelbaum dort? Weißt du, warum er da steht, und weißt du, woher er kommt?«

Der Granatapfelbaum war durch ein flaches Beet geschützt, das ihn ringförmig umschloß. »Das ist kein gewöhnlicher Granatapfelbaum. Er ist etwas Besonderes«, erzählte mir Francesca. »Er ist der letzte Baum, der in diesen Garten kam, am Tag der Beisetzung meiner Mutter. Ringsumher stand ein Heckenlabyrinth, später wurde es entfernt. Aber stell dir vor, der Granatapfelbaum sollte die erste von allen Pflanzen sein, die Neumark hier vorgesehen hatte. Und er sollte aus Kleinasien kommen, nicht aus Sizilien, wo an Granatapfelbäumen wahrlich kein Mangel herrscht. Wegen dieser Laune bekam meine Mutter ihn letztlich nie zu sehen. Jetzt ist er Nunzias Baum. Für sie beginnt und endet der Garten in der Mitte dieses Beetes, unter ihrem Baum.«

Doch Totò erzählte mir noch eine andere Geschichte. Daß vor vielen Jahren ein anderer Granatapfelbaum an diesem Platz gestanden hatte. Er wurde in einer Gewitternacht von einem Blitz zerstört, als Donna Franca noch ein Kind war. Deshalb wollte sie von Neumark einen neuen. Später wurde der alte Garten erweitert, nachdem man das Land einer benachbarten Villa gekauft hatte, die von den Bomben der Alliierten zerstört worden war. Der Professor kam gar nicht mehr dazu, diese Erweiterung zu sehen. Er hätte ohnehin nicht viel mitzureden gehabt. Dieser

Palazzo mit all seiner Baufälligkeit gehörte der Familie seiner Frau. Fenster, die nicht mehr wie früher schlossen, und Stoffe, die von einem Wohlstand verschlissen waren, der sich nie in Luxus verwandeln sollte. Das ganze Gegenteil zu meiner Familie, die auf Luxus immer großen Wert gelegt hatte. Mein Urgroßvater mit all seinen Ländereien war ins Versicherungswesen eingestiegen, das ein gutes Geschäft war. Eine Arbeit, die mein Großvater dann allerdings nie machen wollte, weshalb er diese Dinge meinem Onkel Giacomo überließ. Und sich die Summe auszahlen ließ, die für uns alle reichte.

»Ich habe gehört, Ihr Sohn unterrichtet am Gymnasium«, sagten sie bei den seltenen Gelegenheiten zu meinem Vater, wenn er im Klub war. Sie sagten es mit Befremden. Die akademische Laufbahn mochte ja noch angehen, sogar in Deutschland! Aber warum mußte ich denn meine Intelligenz unter den Scheffel stellen! Für ein paar armselige Lire und in einer Kleinstadt! Wenn es wenigstens Catania gewesen wäre, oder Palermo! Doch was machte einer wie ich hier in S. und noch dazu bei diesem Gehalt! Mein Vater wußte nicht, was er darauf antworten sollte, oder zumindest erzählte er es mir so. »Gestern hat mich sogar Alajmo, der Augenarzt, darauf angesprochen. Erinnerst du dich noch? Er fragte mich: ›Ist Ihr Sohn denn gar nicht mehr in Deutschland, Professore?‹ «

Was sie tatsächlich zu ihm gesagt hatten, erzählte ein Typ wie mein Vater natürlich nicht. Vor allem nicht mir. Aber daß meine Schwächen bis zum Augenarzt Alajmo gedrungen waren (»Was, du erinnerst dich nicht? Der Oberarzt, der mit der rauhen Stimme, der immer mit dem Onkel Billard gespielt hat!«), verblüffte und beunruhigte mich. Was geschah da gerade mit meinem Leben?

Vielleicht gar nichts, wie Ninetta meinte. Immer bereit, intuitiv zu erfassen, was mir dagegen abwegig und unverständlich erschien. »Sie werden sagen, du bist ein Frauenheld, na und, aber vor allem werden sie sagen, daß du kein Rückgrat hast. Keine Angst, unser Vater denkt nicht so. Schon deshalb nicht, weil er seinen Arztberuf das ganze Leben in der Schublade gelassen hat. Mama wollte ja nicht, daß er arbeitet, überzeugt davon, daß man von reichen Herren nicht verlangen darf, sich ihren Lebensunterhalt selbst zu verdienen.«

Meine Mutter war so. Als sie meinen Vater kennenlernte, war sie zwanzig Jahre alt. Mein Vater hatte sich in Messina bei Guaita, dem großen Gynäkologen, der ihn mit nach Turin nehmen wollte, zum Facharzt spezialisiert. Mein Vater sei mehr als ein Chirurg, er sei ein Künstler, sagte er. Aber niemand zu Hause verstand das. Alles Literaten oder Geschäftsmänner. Und die Medizin war im Begriff, ein Metier für skrupellose Leute zu werden. Was hätte man also über meinen Vater Enrico gesagt? Daß er Bäuche aufschnitt und den Hebammen half! »Sein Unglück ist, daß Papa die Hebamme dann geheiratet hat«, sagte Ninetta resigniert. Obgleich Mama nach der von allen angefeindeten Heirat sofort aufhörte, als Hebamme zu arbeiten. Sie war es auch, die entschied, für Papa sei es vorteilhafter, sich um die Philosophie, seine zweite große

Leidenschaft, zu kümmern statt nur um Wöchnerinnen. So endete es dann auch. Mein Vater begann vor dreißig Jahren ein Buch zu schreiben, das er bis heute nicht fertig hat.

Doch Ninetta konnte nur bedauern, daß ihr Vater unter dem Pantoffel einer Frau stand, die sich nie verziehen hatte, die einzige Tochter zweier bescheidener Grundschullehrer gewesen zu sein, und die ihr Leben lang versuchte, das zu vergessen. Trotzdem hatte Ninetta recht, wenn sie immer sagte, daß meine größten Schwächen von unserem Vater kämen. Von unserer Art, uns im Leben treiben zu lassen. Ihrer Ansicht nach würde ich noch jahrelang willkürliche Entscheidungen treffen. Wie auch die, hier an einer Schule zu unterrichten, wo niemand je irgend etwas lernen konnte, während ich in Tübingen einen Lehrstuhl für Romanistik in Aussicht hatte.

»Weißt du, was mein Vater immer über dich sagte?« eröffnete mir Francesca einmal. »›Dieser Junge ist nicht wie die anderen.‹ So etwas sagte er nicht einfach so dahin.«

Ich wunderte mich über dieses Urteil, das alte Ambitionen wiedererweckte. Aber inzwischen gab es kein Zurück mehr. Nunzia hatte sich verändert, alles an ihr hatte sich verändert, und ich schaute diesem Ereignis verwirrt zu.

Wie ein Granatapfelbaum unter den wilden Bäumen
so ist mein Liebster unter den Jünglingen.
Unter seinem Schatten zu sitzen, begehre ich,
und mein Bett will ich mit ihm teilen.

Er führt mich in den Weinkeller,
und die Liebe ist sein Zeichen über mir ...
Oh! Bette mich auf Blüten! Und labe mich
mit Apfeltrank,
denn ich bin krank vor Liebe.

An jenem Morgen las ich im Unterricht das *Hohelied*, wobei ich sorgfältig auf Rhythmus, Metrik und Tonfall achtete. Meine Schüler schrieben schweigend mit, gleichgültig demgegenüber, was ich sagte. Alle Kinder zeigten diese Blindheit der Sinne, außer Nunzia natürlich, die einzige, die keine Fragen stellte, und die einzige, die nichts in ihr Heft schrieb. Auch nicht, als ich diktierte. Hin und wieder nahm sie den Bleistift auf, doch nur, um ihn an die Lippen zu führen. Nie benutzte sie einen Federhalter, immer nur den Bleistift, und das hatte mich von Anfang an beeindruckt, denn es war, als wolle sie keinesfalls etwas Endgültiges, Unauslöschliches hinterlassen und als halte sie auch das Geschriebene im ungewissen.

Die Szene war eigenartig. All die Jungen, die über die Heftseiten gebeugt saßen, und dazu sie, die mich immer beharrlicher anschaute, als wolle sie mich herausfordern.

Denn deine Liebe betört mich mehr als der Wein.

In den Nächten, die auf diesen Tag folgten, träumte ich, ich sei an einem menschenleeren Strand, einem dieser Strände in der Normandie, von denen mir Francesca erzählt hatte, und ich schlief, und das Meer in meinem Traum war ruhig, seine Wellen benetzten mich. Ich träumte, daß ich auf einem weißen Strand vom Meer umspült wurde und nicht aufwachte.

Deine Liebe ist lieblicher als Wein.

Auch die Jungen schauten sich jetzt untereinander an, mit raschen Blicken. Dann fixierten sie Nunzia, die sie ignorierte, und sie wußten nicht, ob diese Worte wirklich das bedeuteten, was der Anschein nahelegte.

Durfte man bei einem heiligen Text, bei den Seiten der Bibel, an Sünde denken?

Vermutlich wegen dieser Frage ging einer von ihnen – vielleicht Bonsignore, der frommste von allen – zu Don Agostino, der Religion unterrichtete, und erkundigte sich, wie es möglich sei, daß all diese Sachen in der Bibel standen. Und Don Agostino darauf, zaghaft, weil die Zugehörigkeit zur Kirche nicht ausreichte, ihm zu gestatten, mich gleichberechtigt anzusprechen:

»Professore, lesen Sie den Kindern wirklich das *Hohelied* vor?«

»Es gehört zum Alten Testament, natürlich.«

»Aber Sie haben doch dieses Mädchen in der Klasse ...«, sagte er mit einem verstohlenen Seitenblick zu mir.

»Noch ein Grund mehr! Sie haben mir gesagt ...«

»Oh, um Gottes willen, ich habe Ihnen überhaupt nichts zu sagen! Ich bin nur ein bescheidener Seelenhirt.«

»Sie haben mir gesagt, das *Hohelied* sei in erster Linie die Vorbereitung einer jungen Frau auf die Hochzeit.«

»Die allerdings das Sinnbild der Kirche ist, die sich mit Gott vereint«, erwiderte Don Agostino hastig, um jede Zweideutigkeit zu zerstreuen. Dann fuhr er, mehr für sich selbst, fort: »Aber ist das auch das geeignete Alter für die Schüler? Wirklich der günstigste Zeitpunkt?«

»Das *Hohelied* ist eine gute Übung. Auch wegen der Poesie, Sie verstehen doch ...«

Ich bin braun, aber gar lieblich,
oh, ihr Töchter Jerusalems,
wie die Zelte Kedars, oder wie
die Teppiche Salomos.
Seht mich nicht an, daß ich so braun bin,
denn diese Farbe hat mir die Sonne gegeben.

»Nigra sum sed formosa«, sagt das *Hohelied*. So stellt die Braut sich vor, sie erzählt, wie sie beschaffen ist. Was könnte ich über Nunzia sagen? Was über Francesca? Die eine das Gegenteil der anderen. Nunzia ist dunkel wie die Zelte Kedars. Dunkeläugig und dunkelhaarig, aber sie hat das gleiche Gesicht wie ihre Schwester. Dabei galten die beiden Mädchen in der Stadt nicht als schön. Sie machten neugierig, waren aber »zu dürr«. Und außerdem zu groß, größer als die Männer, die an die Mauer gelehnt beobachteten, wie sie vorübergingen. Das war dem Professor zu verdanken. In seiner Familie waren alle groß, sogar über einen Meter achtzig. Selbst der reifenflickende Stiefbruder war groß.

Man kann sich denken, wie diese Klasse auf mich wirkte, diese Söhne eines aufstrebenden Bürgertums, das noch keinen Geschmack hatte (die Qualität ihrer Anzugstoffe war miserabel), und dazu Nunzia, die rechts auf ihrer Bank saß und aus einer anderen Welt zu kommen schien. Als ich die letzte Stunde gab und das Klingelzeichen ertönte, blieb sie reglos sitzen, jedem Gehorsam abgeneigt. Erst als die Klasse leerer wurde, packte sie ihre Bücher in die Tasche und ging hinaus.

Daß ich schon lange in ihrem Haus verkehrte, machte die Sache einfacher. Nunzia hatte mich schon bei ihrem Vater gesehen, als sie noch ein kleines Mädchen war. Später hatte sie ihre Schwester von mir reden hören. Manchmal nutzte ich dieses Privileg aus. Wie an dem Tag, als ich sie dabei ertappte, daß sie im Unterricht Tagebuch schrieb. Ich drohte ihr mit einer Eintragung ins Klassenbuch. Durch diese unangemessene Reaktion aufmerksam geworden, sah Nunzia mich den Rest der Stunde unverwandt an. Ich weiß, daß sie wegen dieses Vorfalls aufgeregt nach Hause ging. Allerdings war ich nicht dazu gekommen, sie zu bitten, mir vorzulesen, was sie geschrieben hatte. »Und du hast gut daran getan, sie nicht zu bitten, denn es hätte einen Skandal gegeben. Bei meiner Schwester weiß man nie, was ihrem seltsamen Hirn entspringt«, sagte Francesca.

Francesca und Nunzia genossen in der Stadt eine Toleranz, die allen anderen Mädchen verwehrt war.

Beiden standen viele Türen offen, vielleicht zu viele Schlupflöcher durch Anstand und Sitte. »Was wollt ihr, sie kommen aus einer anderen Welt«, hieß es immer wieder. Und man dachte sogleich an die eigenen Töchter, die dagegen wie reine Engel wirkten.

4

Don Agostino war ein Priester mit Gardemaß, der allen recht gab und dann zum Sekretär des Erzbischofs ging, um zu erklären, daß es nicht in Ordnung sei, wenn ausgerechnet ich einige Seiten aus der Bibel erläuterte, und noch dazu diese. Ich spürte, daß etwas geschehen mußte, bevor jemand kam, der mir sagte, ich solle vorsichtiger sein.

»Ein Träumer«, hatte der Cavaliere bei einer der ersten Gelegenheiten, da er dieses Thema anschnitt, beim Briscola-Spiel über mich gesagt. »Philosophen, verstehen Sie. Sie kennen die Philosophen nicht. Sie tun rein gar nichts, sie reden und denken. Auch wenn man bei der da nie so genau weiß. Wer hat die Vier gespielt?«

»Sie haben das As, Cavaliere«, sagte stolz ein kleiner Mann mit einem schwarzen Trauerknopf am Jackenrevers.

»Was verstehen Sie denn davon? Schwerter sind Trumpf... Nein, aber« – und während er weitersprach, legte er seine Karten auf dem Tisch ab, als wolle er sich besser auf das konzentrieren, was er nun enthüllte – »da ist noch die Kleine. Mit dieser Tante, die überhaupt nichts begreift, und mit diesem Kerl, der ihr den Garten pflegt und eine Vorliebe für Blumen hat.«

»Ach, heißen die jetzt Blumen?« entgegnete lachend Rosario Lentini, der als Gasflaschenlieferant angefangen hatte und jetzt ein modernes Küchengeschäft führte, mit Neonschrift, gleich hinter der Altstadt, »um die neuen Wohnviertel zu beliefern«. Lentini spielte selten, er geizte sogar mit den fünf Lire pro Partie, die man verlieren konnte. Bei jedem Spiel verzog er das Gesicht.

»Hast du keinen Trumpf?«

»Ich werfe ab.«

»Cavaliere, versteht die Tante wirklich nichts? Oder will sie bloß nicht verstehen?«

»Überlegen wir doch mal. Was, frage ich, was soll diese Tante denn verstehen? Es heißt, sie verläßt ihr Zimmer nie. Meinetwegen, aber warum nicht?«

»Weil sie behindert ist, Cavaliere, das wissen Sie doch selbst. Sie kennen doch die Assunta, die die Spritzen gibt. Sie geht jeden Morgen zu ihr, und danach hilft sie ihr immer in den Sessel. Wer hat Stäbe gespielt?«

»Jetzt pfunden wir As und Drei, die hatte ich!«

»Mit Verlaub, Cavaliere, aber da geht wirklich alles drunter und drüber. Uneheliche Kinder. Nervenleiden. Hektarweise verkauftes Land, nur um einen einzigen Baum zu kaufen, verstehen Sie? Stimmt es denn, daß sie alle nach Deutschland gegangen sind? Hier erzählt man sich, nein, sie seien nach Rom gegangen, um Donna Franca behandeln zu lassen, als Francesca noch klein war.«

Wie oft waren im Café solche Reden geführt worden? Natürlich nicht in meinem Beisein, denn ich war »nicht einmal für eine Partie Briscola zu gebrauchen«, wie Antonino sagte, als er mir diese Geschichten wiedererzählte. »Professore, sie wissen einfach nicht, was sie von Ihnen halten sollen. Sie möchten es gern wissen, aber sie sind neidisch auf Sie, weil sich dieses Gittertor für Sie öffnen läßt. Nur für Sie!«

Nur für mich, und ich wußte es. Nach dem Tod der Eltern hatten sich Nunzia und Francesca in eine beharrliche Isolation zurückgezogen. Nunzia war nur ausgegangen, um über die Via Umberto und den Korso zur Schule zu gelangen. Und Francesca? Hin und wieder ein Ausflug mit dem Auto an die Küste und der Traum, wieder auf Reisen zu gehen. Der Palazzo der Familie verwandelte sich allmählich in ein Gefängnis, in ein Monument. Ein barockes Juwel mit einem Teil, der noch aus dem 14. Jahrhundert stammte, von dem ein zweibogiges Fenster und die Reste eines Bogengangs erhalten waren. Ein architektonisches Meisterwerk, das ebenso schön wie leer war, besonders der Flügel zur Gasse hin.

Vieles von der Einrichtung aus dem 19. Jahrhundert war verlorengegangen. Vor allem aber die Gemälde »aus dem späten 17. Jahrhundert«, erzählte Francesca. »Religiöse Malerei. Eine meiner Ururgroßmütter verkaufte alles, ohne irgendwem Bescheid zu sagen. Sie war außer sich über die Ankunft der Piemonteser, die auf Sizilien eingedrungen waren. Sie hat sich nie wieder erholt, und nachdem sie die Nischen ihrer Gemäldegalerie leergeräumt hatte, lud sie die Fremden zur Besichtigung ihrer Sammlung ein. Wo die Bilder gehangen hatten, waren nur noch kahle Flächen. Sie aber beschrieb jedes Gemälde, eines nach dem anderen, als wären sie alle noch da. Sie hat sie so gut wie verschenkt, verstehst du, verschenkt! Dagebliebn sind nur die häßlichsten. Die wollte sie als letzte weggeben. Aber dazu blieb ihr keine Zeit mehr. Die übrige Familie, die damals in Palermo war, kam zurück und brachte sie fort in eine Villa, wo sie die letzten Jahre ihres Lebens damit verbrachte, den Duft der Orangenbäume zu atmen. Doch die Familiengalerie war hinüber.«

Ich mußte daran denken, was der einarmige Drukker gesagt hatte: »Der Cavaliere weiß vieles und erzählt es auch, aber nicht Ihnen, Sie stehen außerhalb. Außerdem sind Sie nicht wie die anderen, Sie sind fremd.« Doch eigentlich wußte der Cavaliere nicht viel, er schmückte aus. So wie alle ausschmückten. Darum hat es auf Sizilien auch nie an Literaten gemangelt.

Was wollte an jenem Morgen der Italienischlehrer Sarullo von mir, als er vorsichtig zu mir kam und mich bat, mit ihm ins Lehrerzimmer zu gehen? Er wollte mich behutsam warnen. Weil ich mich gerade zu weit vorwagte, weil der Direktor von diesen Versen erfahren hatte, weil auch der Dompriester nicht verstand, wozu all das Interesse an der Vermittlung eines so umstrittenen Textes gut sein sollte, der, von allem anderen abgesehen, nicht einmal in meinem Fachgebiet lag. Und selbst wenn sich der Lehrkörper wirklich damit befassen mußte, geschah dies in einer ganz anderen Richtung. »Bedenken Sie, daß dieses Mädchen niemanden hat, den es zu den Sprechstunden schicken kann! Natürlich lägen die Dinge anders, wenn ihr armer Vater, der Professor, noch unter uns weilte. Wissen

Sie, in diesem Alter kann selbst ein Bibeltext, wenn er ungeschickt vorgetragen wird, zu Sünde und lasterhaften Gedanken führen. Schon ihre arme Mutter hatte ein Nervenleiden.«

Der Italienischlehrer sprach auf mich ein und hörte nicht auf, nach der Zeit zu sehen, wobei er unablässig seine Taschenuhr hervorzog, als wollte er die Bedeutung des Gesprächs herunterspielen und eine Eile vortäuschen, die er in Wirklichkeit gar nicht hatte.

Daß ausgerechnet Sarullo so mit mir redete, gehörte zu den Überraschungen, die das Leben für uns bereithält. Enzo Sarullo hatte ein paar Jahre zuvor einige Unannehmlichkeiten gehabt. Es ging um seine Beziehung zu einer fünfzehnjährigen Zigeunerin, die schwanger geworden war. Er wurde sogar angezeigt, doch dann überschlugen sich die Solidaritätsbekundungen, und die Sache verlief im Sande.

Sarullo konnte in dieser Weise mit mir reden, weil er sich mit einer höheren Mission seitens der ganzen Schule betraut fühlte, die es seines Erachtens sehr schätzte, daß gerade er mich beriet. Ich glaube allerdings, daß die ganze Schule es keineswegs schätzte. Ich brauchte vor keinem Skandal bewahrt zu werden, ich war wie seine Zigeunerin, eine verlorene Seele, die nicht einmal theoretisch die Möglichkeit hatte, im Tripoli mit Umarmungen und lauthals bestelltem Wermut begrüßt zu werden. Was Sarullo hingegen durchaus genießen konnte, nachdem Doktor Tramontano sich für die Einstellung des Verfahrens entschieden hatte, »weil keine strafbare Handlung vorlag«.

Über diesen Freispruch sollte man dann lang und breit diskutieren, vor allem über die »Handlung«, deren Ausmaße bis ins letzte niemand kannte, wohl aber deren Brisanz.

Auch weil der Richter entschieden hatte, daß die Zigeunerin einundzwanzig Jahre alt und also volljährig war, eben nur ein bißchen unterentwickelt. Das war alles. Doktor Carmelo Scordìa hatte sie untersucht, und der Befund war eindeutig: »In Ermangelung gesicherter Geburtsdaten kann in Anbetracht der körperlichen Verfassung der Obengenannten festgestellt werden, daß ihr mutmaßliches Alter keinesfalls unter einundzwanzig Jahren liegt. Die Patientin weist bei eingehender Untersuchung deutliche Anzeichen von Rachitis auf.« Nur die Frauen, die großen Abwesenden bei all diesem öffentlichen Geschwätz, wußten genau, wie weit Sarullos unmoralische Taten gingen. So senkten die Damen der Stadt den Kopf, wenn er einsam über den Korso spazierte, obgleich er es nie versäumte, den Hut zu ziehen.

Dennoch war diese sonderbare Unruhe, dieser ständige Blick auf die Taschenuhr, nicht nur eine Art, Distanz zu demonstrieren, sondern es war auch so etwas wie Aufregung. Vielleicht hatte er nicht den Mut gehabt, sich als Komplize zu geben. Er traute sich nicht, so weit zu gehen, aber »wenn schon ein Herr wie ich« in diese Falle getappt war, was konnte man da denn noch über ihn sagen? Zumal seine Zigeunerin die Stadt vor wenigen Monaten verlassen hatte, auch wenn hier in der Gegend nicht die Rede davon sein kann, daß man sonderlich schnell vergißt.

Aber konnte man bei einem Mann wie Sarullo von Komplizenschaft sprechen? Offen gestanden kaum. Denn meine Lage war ernster. Eine Zigeunerin erregt nicht soviel Anstoß wie ein junges Mädchen aus einer der wichtigsten Familien Ostsiziliens. Meines war außerdem erwiesenermaßen minderjährig, sechzehn Jahre alt im November, und kein Jahr älter. Als wäre das noch nicht genug, erzählte man sich schon bald, ich würde mit beiden Schwestern gleichzeitig gehen. Womöglich sogar mit diesem falschgepolten Totò. Aber Nunzia war in meinen Augen noch weit entfernt, und was Totò anging, dachte er Francesca zufolge noch immer an Neumark, »der ihm wirklich alles beigebracht hatte. Und nicht nur über Gärten. Dabei hatte Totò immerhin eine Verlobte, die Carmela, die Tochter eines Gutsverwalters, sie war sogar schön. Er mußte sie verlassen, weil Neumark absolut nichts duldete. Er war ein schrecklicher Mann, dieser Neumark! Weißt du, man wußte gar nicht, wie sehr ihm Männer wirklich gefielen. Meiner Meinung nach gefiel er sich selbst. Und er wechselte seinen Geschmack je nach Bedarf.«

Und dann sorgte Totò nach Neumarks Abreise dafür, daß gewisse Schwächen von ihm im verborgenen blieben. Allerdings genügte das nicht, um sein Leben wieder wie früher werden zu lassen. Die Männer gingen ihm aus dem Weg. Die Mädchen – und selbst solche, die sich auf ein Leben als alte Jungfern gefaßt machten – fanden es gewagt, mit einem Mann zu sprechen, »der gar kein Mann war«.

Dabei galt Totò vor dieser Geschichte als sehr gutaussehender Mann, und viele Mädchen in der Stadt, die darauf hofften, in ihrer gesellschaftlichen Stellung ein paar Stufen hinaufzuklettern, hätten sein Werben gern angenommen! Schließlich gehörte Totò im Grunde immer noch zur Familie, so entfernt der Verwandtschaftsgrad auch sein mochte. Und jemand in der Stadt schwor, daß ein Teil des Erbes beim Tod der alten Tante wohl an ihn fallen werde. Vorausgesetzt, diese Verwandten aus Palermo ließen sich nicht blikken und erhoben keinen Anspruch auf Ländereien und Vermögen!

Kurz, für Totò gab es keinen Grund zum Verzweifeln. Sollte er eines Tages zu einigem Reichtum gelangen, würden viele Erinnerungen in der Stadt ausgelöscht sein, und er könnte durchaus eine Frau finden. »Die Zeiten ändern sich, und auch das Denken«, sagte mein Drucker. »Es wird ja viel zuviel toleriert! Wer weiß, wie das alles endet.«

Doch es war eine belanglose Toleranz, sie reichte nicht bis zum Wesentlichen, nicht bis auf den Grund des Bewußtseins. Man tolerierte die Klatschgeschichten, aber nicht, was unschicklich war und was man nicht einmal sich selbst eingestehen konnte. Stimmte denn diese Liebesgeschichte überhaupt, mit dem sanften Gärtner und mit dem Deutschen, der nach Sizilien gekommen war wie in ein freiwilliges Exil?

In der Stadt wurde darüber nicht gesprochen. Der Deutsche war ein Fremder und damit genug. Und Totò wurde immer weit aus allem Klatsch herausgehalten, so weit wie möglich. Neumark war allerdings wirklich der Typ, vor dem man Angst haben konnte.

Von Deutschland aus war er nicht direkt nach Sizilien gekommen, sondern hatte elf Monate dazu gebraucht, da er eine regelrechte Weltreise unternommen hatte. Er fuhr nach Guadeloupe, Brasilien, China, Malaysia und Äquatorialafrika. Das stand in den Verträgen, eine Woche nach dem Umzug der Familie Pirandello nach Sizilien sollte er eintreffen und zuvor ein Jahr um die Welt gereist sein.

Alle Bäume, die im Garten stehen, wurden von Neumark ausgesucht. Es gibt Briefe und Abrechnungen, sehr genaue übrigens, die belegen, wo er sich überall aufhielt und wie hoch die Kosten dieser langen Reise waren. Anhand der Briefe, die Donna Franca erhielt, kann die gesamte Geschichte dieses Gartens rekonstruiert werden.

Durch ein zeitliches Versehen traf der erste Baum per Schiff schon vier Monate vor dem Umzug der Familie Pirandello nach S. ein. Er kam aus Belgisch-Kongo, und alle erinnern sich, daß das Schiff zwei Wochen im Hafen lag und niemand verstand, was diese Männer wollten, die sich nach Signor Neumark erkundigten. Das Schiff fuhr mitsamt seiner Ladung wieder ab. Aber sonst klappte alles nach Plan und mit der für eine so heikle Unternehmung notwendigen Strenge. So wurden die Schiffe sogar ein Mittel zur Zeitmessung. Eine Form des Wartens. Vor allem für Rosario, den ältesten Fischer im Hafen, von dem es hieß, er wisse genau, wann die Segler kämen. Am Tag der Ankunft setzte er sich auf eine Bank am großen Pier und kaute Tabak, bis zum Abend, reglos, ohne mit irgendwem ein Wort zu wechseln. Bis am Horizont dann der höchste Mast auftauchte und klar wurde, daß Rosario am richtigen Tag gewartet hatte. Sogar Neumark richtete sich nach Rosario, und wenn Totò ihm sagte, daß der Fischer am großen Pier saß, schlug seine Stimmung um, und er gab schroffe, erregte Anweisungen für den Empfang der Pflanzen, die da kamen.

Mit dem letzten Schiff kam der Granatapfelbaum aus dem Libanon, eine kurze Reise, die die längste von allen gewesen zu sein schien. Das Schiff hatte einen griechischen Namen: *Daphne*. Im Zusammenhang mit diesem Segelschiff erzählte man sich von jener Frau, die viele an Land gehen sahen. Das beschwören sie noch heute. Es hieß, die Mannschaft habe ein junges Mädchen an Bord gehabt: dunkel, sonnenverbrannt, schwarzhaarig und mit hohen Wangenknochen. Neumark reiste offenbar nur zwei Tage nach der Ankunft des Schiffes ab, das den Granatapfelbaum gebracht hatte.

Es war ein mysteriöser, plötzlicher Aufbruch, für den es keine Erklärungen gibt. Auch wenn die wahrscheinlichste in einer Reihe von Zahlungen zu finden ist, die Neumark persönlich und im Auftrag von Donna Franca vorgenommen hatte; Zahlungen, die belegten, wie sehr die Kosten für dieses Baumparadies gestiegen waren. Und daß das Mädchen nicht nur in der Einbildung der Leute existiert hatte – und wenn auch nur für eine Nacht in einer Pension unweit der Anlegestelle – lag offenbar für alle die auf der Hand, die gern ausschließlich an Märchen glaubten. Francesca für ihr Teil duldete nie, daß es später Fehlbeträge oder übertriebene Ausgaben in den Rechnungen der Familie gab.

Doch wer weiß, was weiter geschah. Francesca war es, die mich bat, ihr die Frau zu beschreiben, von der ich geträumt hatte, und die mir erzählte, Totò sei so entsetzt darüber gewesen, »als habe er den Teufel leibhaftig gesehen«. Tatsächlich schienen diese Schiffe, die Samen und Bäume brachten, aus längst vergangener Zeit zu stammen. Als seien sie vor zwei Jahrhunderten in See gestochen und legten nun in einer Stadt an, die bei der Ankunft der Segler auch die wenigen Anzeichen von Modernität einbüßte, die dieses Jahrzehnt ihr beschert hatte. Selbst die Kinder mit ihren mannigfaltigen Vergnügungen – abends gingen sie mit ihren Eltern aus, um in einer der beiden Bars fernzusehen, wo die Apparate wie Skulpturen aus dem Louvre ausgestellt waren –, selbst die Kinder schienen innezuhalten, sobald Rosario der ganzen Stadt die Ankunft einer weiteren »Galeone« ankündigte.

Die Erwartung war immens, als eines Tages ein Schiff eine Fracht von der Sorte brachte, die Geschichte macht. Ein Auswanderer nach Amerika kam nach vierzig Jahren mit einer Ladung Flipperautomaten in die Stadt zurück, elektrischen Spielen, die niemand in der Gegend je gesehen hatte, und ihm schwebte vor, ein Lokal zu eröffnen, in dem die Jugendlichen diese amerikanischen Teufeleien aus bunten Lämpchen entdecken konnten. Er hatte Pech. Er rechnete mit einem herzlichen Empfang (das Lokal, wo er sie aufstellen wollte, stand mitten auf der Strandpromenade des Porto Piccolo, und alle wußten, daß die Spielautomaten an diesem Tag kommen sollten), und die kleine Menge am Kai ließ eine solche Vermutung auch zu. Aber niemand erkannte ihn, und vor allem nahm niemand Notiz von ihm. Auch deshalb nicht, weil sich aus der Ferne ein viel wichtigeres Schiff näherte, eines von denen des Deutschen, die aus einem Roman des 19. Jahrhunderts zu kommen schienen.

Sogar Neumark sah aus wie aus dem 19. Jahrhundert. Mit seinen dichten Koteletten, die ihm bis zum Kinn reichten, und dazu im Winter der schwarze Mantel, hinunter bis zu den Füßen, unter dessen breiten Aufschlägen die gestreifte Weste zu erkennen war. Neumarks Leidenschaft für Reisen nach Übersee hatte ihn übrigens verändert. Sie hatte seinen Blick denkbar sanft gemacht und sein Gesicht gezeichnet, so daß er am Ende wie ein Bootsmann wirkte oder wie einer, der in irgendeiner Kolonie geboren war. Was übrigens auch durchaus sein konnte. Neumark war nicht der Typ, der erzählte, wo er wirklich geboren war und was er früher getrieben hatte. Und so sehr man sich in der Familie auch bemühte, sich zu erinnern, gelang es doch nicht mehr, zu rekonstruieren, wo man ihm zum ersten Mal begegnet war oder welche Referenzen er hatte.

Neumark war eine Erscheinung, die wie aus dem Nichts kam und auch im Nichts verschwand. Er erzählte Totò, er habe auf einer Bank irgendwo in Mittelamerika ein hübsches Sümmchen zur Seite gelegt, in der Gegend, in der er sich auskannte und wo er gewesen war, bevor er nach Sizilien kam. Er sagte, dort sei eine Frau, die auf ihn warte. Doch er war kein Mann, dem man großes Vertrauen schenkte.

Was mich betrifft, ergab es sich in meiner Tübinger Zeit, als ich häufig beim Professor war, niemals, daß wir über Sizilien sprachen. Er schien sich in Nordeuropa vollkommen wohl zu fühlen, viel besser als in Rom oder Mailand. Außerdem wußte jeder in der Stadt, daß er für den Palazzo seiner Frau rein gar nichts übrig hatte.

Der Professor hatte, nicht nur äußerlich, Ähnlichkeit mit Francesca. Ihre Farben glichen sich, aber auch ihr Charakter. Er war ein Mann mit absolut klaren Meinungen, der manchmal sogar barsch und ungemütlich werden konnte. Und unberechenbar. Ein starker Mann, der es geschafft hatte, jahrelang viel Unglück zu ertragen. Die Verbannung aus der akademischen Welt; die Entscheidung, bis nach dem Zweiten Weltkrieg nicht zu unterrichten und sich wie ein Gefangener in seinem Palazzo einzuschließen; eine kranke Ehefrau. Nach seinem plötzlichen Tod kehrten alle nach Sizilien zurück. Donna Franca fühlte sich verloren in einer fremden Stadt, die ihr nicht genügend Schutz bot. In S. würde alles anders sein. »Auch wenn Nunzia von allen am meisten litt«, sagte Maria Rosaria. »Sie war ja noch ein Kind. Und Francesca kam und ging. Und Donna Franca sagte immer: ›Francesca verträgt keine geschlossenen Räume. Beim Garten angefangen!‹«

Nunzia dagegen war an den Garten gewöhnt. Sie sah, wie er sich Tag für Tag veränderte, als sei er eine Baustelle. Bis dann der Granatapfelbaum kam.

Wann reiste Neumark ab? Kurz danach? Alle erinnern sich daran. Der deutsche Gärtner kam nicht oft durch die Stadt. Außer die wenigen Male, wenn er zum Pier ging, um auf die Schiffe zu warten. Natürlich erinnerte sich Totò besser als jeder andere daran, aber wer hätte ihn je gefragt?

»Ich kam von einer Reise in die Provence zurück, und da war Neumark weg«, erzählte Francesca oft. »Das Zimmer war vollkommen leer und sah aus, als hätte nie jemand darin gewohnt. Wenn da nicht der Abdruck gewesen wäre, den der Koffer auf dem Fußboden hinterlassen hatte, genau unter dem Fenster, hätte man denken können, er hätte nie in diesem Haus gelebt.« – »Alles Hirngespinste«, wenn man dagegen Maria Rosaria glauben wollte, die sich darüber beklagte, daß sie das Zimmer zwei Tage lang geputzt hatte und daß nur die Fliesen unter dem Fenster nicht blank werden wollten. Wegen des Koffers, der vom Salz zerfressen war.

»Belanglose Hirngespinste«, hätte der Cavaliere gesagt, wenn er geahnt hätte, an welchen wahren Hirngespinsten sich die ganze Stadt kurze Zeit später ergötzen würde. Nachdem Nunzia an ihnen vorbeispaziert war, mit diesem Körper und mit einem Stolz, der sie verblüffte. Als sei dies für Nunzia durchaus nicht die Stunde der Schande, sondern wie es in Salomos Lied geschrieben steht: *der Tag ihrer Hochzeit, der Tag der Glückseligkeit.*

5

Wenn ich an jenem Nachmittag vorzeitig zu Francesca kam, so weil ich hoffte, Nunzia zu sehen. Als sich das Gitter öffnete, beeilte ich mich, die wenigen Meter bis zu dem kleinen Garten zurückzulegen, der von den Flügeln des Palazzos eingeschlossen war. Ich durchquerte ihn und betrat eines der großen Zimmer.

Gegenüber, an der Eingangstür zum Salon, sah ich Nunzia stehen. Nunzia siezte mich noch, das hatte sie immer getan, von klein auf, aber wenn ich bei ihr zu Hause war, nannte sie mich nicht Professore, sie benutzte meinen richtigen Namen. An diesem Nachmittag war ich, obgleich voller Hoffnung, überrascht, sie hinten in dem großen Raum zu sehen, nur in diesem leichten Kleid. Nunzia sah zu mir herüber und erkannte mich nicht sogleich, das Licht blendete sie, und ich erschien ihr wohl nur als eine dunkle Gestalt.

»Francesca schläft noch. Wenn Sie wollen, wecke ich sie für Sie.«

In ihren Worten lag etwas, das mich störte. Sie hatte sich erboten, ihre Schwester zu wecken, doch sie hatte gesagt: »Ich wecke sie für *Sie*.«

Womit sie betonte, daß Francesca zu mir gehörte, und mich an sie zurückverwies. Was sollte ich tun? Vielleicht zur rechten Zeit wiederkommen und alles lassen, wie es war? Ich war schon nahe daran, es zu tun, mich zu entschuldigen, ich hätte mich in der Zeit geirrt. Doch ich überlegte es mir anders.

»Ist Francesca in ihrem Zimmer?« fragte ich Nunzia.

»Ja.«

Sie sah mich fest an und nahm die Schultern zurück. Es sah aus, als hätte ihr jemand mit einem kräftigen Schlag den Rücken gestrafft. Ihre Brüste standen jetzt noch aufrechter, ganz als wollte sie sich mir zeigen, bevor sie antwortete. Aber alles ging viel schneller, als ich mich jetzt erinnern kann.

»Ich begleite Sie«, sagte sie unschlüssig.

Es war das erste Mal, daß ich in dieses Haus kam, um Nunzia und nicht Francesca zu sehen. Es war auch das erste Mal, daß ich ins obere Stockwerk hinaufging. Dort lag Francescas Zimmer, aber auch jenes, das fünf Jahre lang Neumarks gewesen war, und das kleine Studierzimmer, das dem Professor gehört hatte. Der Flur lief an den Baumwipfeln des Gartens entlang. Dann bog er abrupt ab und mündete in zwei große Zimmer, die miteinander verbunden waren. Nunzia hatte einen weichen, leichtfüßigen Gang, den ich vorher nie bemerkt hatte. Je näher sie dem Zimmer kam, in dem Francesca schlief, um so langsamer und zögernder wurden ihre Schritte, so als wollte sie ganz stehenbleiben.

Was ging Nunzia durch den Kopf, als sie mich zu diesem Zimmer brachte? Was hinderte sie daran, anzuhalten und mich allein weitergehen zu lassen? Und was würde sie tun, wenn sie an der Tür angelangt war? Würde sie klopfen? Würde sie als erste eintreten? Nun konnte ich den Garten sehen, von oben, und ich konnte sogar über die Gartenmauer hinweg sehen, die an eine Straße mit niedrigen Häusern grenzte. Und hinter den Häusern, in fast greifbarer Nähe, das Meer. Ich sah dieses von der Welt abgeschlossene Meisterwerk und dort draußen, nur ein kleines Stück weiter, das Meer, das Donna Franca nicht hatte leiden können und gegen das sie sich hatte abschirmen wollen, mit diesen Irrwegen und mit diesen Pflanzen, die ihr als Schutzwall dienten. Sie ging nie zum Pier, um sich ihre Bäume anzusehen, die mit dem Schiff kamen. Auch nicht, wenn sie sich wohl fühlte.

»Wohnt eure Tante hier in diesem Teil des Hauses?«

Nunzia schien diese Frage zu überraschen. Sie blieb stehen und zeigte auf den anderen Flügel des Palazzos, der jenseits des Gartens lag: »Meine Tante wohnt da drüben, das ist eine andere Welt.«

Wer weiß, ob es diese Tante überhaupt gab. Oder ob sie nicht eine erfundene Anstandsdame war, die die Ehrbarkeit eines Hauses garantieren sollte, das von zwei Frauen bewohnt wurde (denn wenn man Nunzia anschaute, begriff man, daß sie kein Kind mehr war). Aber auch das waren nur Hirngespinste, die noch besser gediehen als die Pflanzen des Gartens.

Als ich vor Francescas Tür stand, war ich enttäuscht. So weit hatte ich gar nicht kommen wollen. Aber Nunzia hatte die beste Variante gewählt, indem sie mich begleitete, sich anschauen ließ und sich im richtigen Moment zurückzog. »Sie können hineingehen«, sagte sie, drehte sich um und beschleunigte ihren Schritt, als habe die Zeit plötzlich mehr Gewicht.

Aber hatte ich nun wirklich den Mut dazu? Ich ging nicht hinein. Ich begann, durch verlassene und leergeräumte Zimmer zu schlendern. Ich ging durch einen kurzen Flur und fand mich in einem Raum wieder, der hinter einer kleineren Tür lag. Nur mit Mühe erkannte ich, wo ich mich befand. Die Fensterläden ließen ein feingliedriges Lamellenlicht durchscheinen, das als durchbrochener Schimmer auf die Wände fiel. Da waren Bücher, in der Mitte ein großer Tisch, ein durchgesessener Lehnstuhl. Die Bücher standen in massiven Schränken, durch Glasscheiben geschützt. Ich war mir sicher, daß seit Jahren niemand mehr in diesen Teil des Hauses kam. Ich versuchte, eine Tür zu öffnen, doch vergeblich, vielleicht war sie verriegelt. Ich setzte mehr Kraft ein, und plötzlich gab sie nach. Ich sah ein kleines leeres Zimmer. Ein schmales schmiedeeisernes Bett und einen Holztisch. Eine Tür in der Ecke führte zu einer Kammer, die als Schrank diente.

Aber vor allem das Fenster erregte meine Aufmerksamkeit. Klein, wie es war, umrahmte es den Mittelpunkt des Gartens wie eine Miniatur. Noch bevor ich den Abdruck erkannte, den der alte Koffer auf dem Fußboden hinterlassen hatte, begriff ich, daß ich mich in Neumarks Zimmer befand. Nur ein voreiliger Gedanke hätte mich zu der Behauptung veranlassen können, Nunzia und Francesca hätten absolut nichts mit diesem Haus und dieser Atmosphäre zu tun. Als ich hinausging, entdeckte ich eine schmale Treppe, die nach unten führte. Ich benutzte sie nicht und wollte umkehren, aber ich hörte Schritte hinter mir. Ich blieb stehen und versuchte, mich zu verstecken. Die Schritte hörten auf. Ich nahm aufs Geratewohl einen anderen Flur. Ich kam in einen Salon mit einem großen Marmorkamin und einem dunklen Bild. In dem Dämmerlicht konnte ich es nicht richtig erkennen, aber es war wohl die Heilige Familie. Ansonsten war der Salon leer.

Warum Neumark sich eine Abstellkammer zum Wohnen ausgesucht hatte, obwohl ein Palazzo wie dieser doch riesige Räume zu bieten hatte, war eine Frage, die man sich im Tripoli nur zu gern gestellt hätte. Die Schritte kamen wieder. Ich schlug den Weg ein, den ich gekommen war. Ich mußte die Haupttreppe finden und zum Garten hinuntergehen. Da ich dem stärksten Licht folgte, gelangte ich zu den Fenstern, die auf den Granatapfelbaum zeigten. Ich wußte, daß ich mich nun nicht mehr verlaufen konnte, vor allem aber, daß Totò recht gehabt hatte, als er sagte, Neumarks Meisterwerk müsse von oben betrachtet werden. In diesem Augenblick hörte ich hinter mir eine kalte Stimme: »Du bist es? Wer hat dich denn nach oben gelassen?«

Der Ton, in dem sie diese Worte sagte, klang nicht erstaunt, sondern vorwurfsvoll.

»Deine Schwester. Ich habe sie darum gebeten.«

Francesca sah mich unschlüssig an. Ich fügte rasch hinzu: »Ich wollte zu deinem Zimmer, sie hat mich bis zur Tür gebracht. Aber dann bin ich wieder umgekehrt.«

»Und wo ist Nunzia jetzt?«

»Ich weiß es nicht.«

Mehr sagte Francesca nicht. Sie schien ein anderer Mensch zu sein: streng, hart, abweisend. Was hatte ich falsch gemacht? Daß ich nach oben gegangen war? Allmählich bekam ich ein deutliches Gespür für das, was vor sich ging. Ich hatte in diesen leeren Zimmern den Eindruck, daß es dort allem Anschein und allen Tatsachen zum Trotz eine bewohnte Welt gab. Auch war da ein Gefühl des Gegensatzes zwischen Räumen, die von den Jahren ausgelöscht schienen, und einem kräftigen Windhauch, den man auf dem Rücken spüren konnte.

Nunzia hatte mich in diesen Gängen vergessen, und Francesca warf mir nun vor, eine Grenze überschritten zu haben. Ich war an den Ort gekommen, wo die Gezeiten sich zurückziehen und – wie Francesca es nannte – *die Heere versprengt sind.* Mir war eine Landschaft aus Zimmern und Gegenständen gezeigt worden, dazu ein Licht, das kaum durch die Fenster dringt, Glühlampen, die nicht brennen, Drähte, die von der Decke hängen.

Und der Garten? Dieses vollkommene Wunder? Es genügte, daß ich mich an ein beliebiges dieser Fenster stellte, um die Kehrseite zu erkennen: Das imaginäre Meer dort draußen zieht sich nicht mehr zurück, sondern überflutet wieder alles und ertränkt den Gedanken, das Leben bestehe einzig aus einem fortwährenden Abdriften.

»Hier ist alles vernachlässigt worden. Seit Mama tot ist, hat niemand mehr etwas angerührt. Früher war das hier das schönste Stockwerk«, sagte Francesca.

»Ich habe die Bibliothek gesehen.«

»Du bist in Neumarks Zimmer gewesen?« Francesca hatte wieder einen bemüht ironischen Ton angeschlagen, obwohl es ihr nicht gelang, eine Spur von Ärger zu verhehlen.

»Aber da ist doch gar nichts!« protestierte ich.

»Abgesehen von ihm.«

»Wie bitte?«

»Maria Rosaria sagt, sie habe ihn hier durch die Flure wandeln sehen. Die Ärmste ... Einmal brachte Nunzia meiner Mutter ein Buch aus der Bibliothek, ein Buch über Piraten. Von den Büchern meines Vaters. Nunzia muß damals zwölf Jahre alt gewesen sein. Es war illustriert, und auf einer Seite gab es eine Enterszene. Du weißt schon, Piraten mit einem Messer zwischen den Zähnen, Musketen, Säbel. Einer von ihnen hatte Ähnlichkeit mit Neumark. Nur daß sein Blick gemeiner war. Meine Mutter lächelte, aber keiner traute sich, es Neumark zu zeigen. Wir nannten ihn deshalb den Piraten.«

Mein Besuch an diesem Tag war kurz. Ich verließ den Palazzo unter dem wachsamen Auge von Totò, der das Gitter hinter mir schloß und mich mit seinen Blicken verfolgte, bis ich durch das Tor hinaus war. Was würde nun anders werden? Francesca hatte etwas verloren, das Nunzia gewonnen hatte. Aber kann man überhaupt von Gewinn und Verlust reden? Mir fiel wieder ein, was Francesca gesagt hatte, als wir die Treppe hinuntergingen: »Geld kommt jetzt auch nicht mehr viel. Hier sagen sie, die Felder bringen nichts ein, die Preise sinken. Wir könnten verkaufen, aber davon will die Tante nichts wissen.«

Ich konnte mir nicht erklären, warum sie überhaupt beschlossen hatte, mit all ihrem Hab und Gut dort zu bleiben. Natürlich beeindruckte es mich, daß gerade sie sich entschieden hatte, in einem Teil des verlassenen Hauses zu leben, das mit einer fernen Vergangenheit verknüpft war. Aber niemals kann man vor irgend etwas fliehen. Francescas Weg hatte im Laufe der Monate eine andere Richtung genommen. Sie hatte ihr Frankreich, ihr Studium vergessen. Sie begann alles zu rekonstruieren und das zu suchen, was sie nicht kannte. Sie wollte Neumarks Kassenbücher lesen, in denen alle neuen Pflanzen vermerkt waren, denn dort, sagte sie, war etwas, das sie nicht verstand.

Doch nun, da ich mit Ungeduld aus dieser Landschaft herausgetreten war, nun, da ich ohne Beklemmung atmen konnte, frei von diesem Staub und von dieser durch die Jahre stumm gewordenen Welt, mit dem Geschrei der Fischer im Ohr und den Worten der sich grüßenden Leute auf der Straße, nun, da alles wieder so war, wie ich es kannte, glaubte ich an eine Zauberei von Nunzia. Vielleicht war ich ja nie in diesen Räumen gewesen. Ich glaubte, Nunzia habe die Macht, die Realität der Dinge zu verändern. Aber ich brauchte Zeit, damit dieses Schauspiel, das sich vor mir aufgetan hatte, zu Ende gebracht werden konnte.

6

Es genügte, sich ins Tripoli zu setzen und darauf zu warten, daß etwas geschah. Alle warteten darauf, auch die Damen. Im übrigen gab es für Nunzia und Francesca keinerlei Ehrbarkeit zu retten, und das war das wichtigste. Die Mädchen lebten allein, sie waren nicht arm, und sie hatten sich nie durch Liebenswürdigkeit oder durch das »Bedürfnis, sich unter uns zu mischen« hervorgetan. Außerdem war da nicht einmal mehr die Verlegenheit, den Professor grüßen zu müssen, wie noch damals, als er den Korso entlangkam, oder Donna Franca. Und bei dem, was die Mädchen anstellten – man weiß ja, wie heikel das ist! So aber nicht. So genügte der kleine Likör für die Stunde des Kartenspiels, und man begann zu reden.

Das Netz an Informationen war perfekt, sie gingen von Maria Rosaria aus, doch auch von Lucia, ihrer Nichte, die nachmittags oft in den Palazzo ging, um beim Einkochen zu helfen oder Gemüse zu putzen; auch zum Bügeln und Flicken, denn Maria Rosaria sah nicht mehr so gut wie früher. Maria Rosaria tratschte. Sie tratschte zu Hause, versteht sich, bei ihrem Mann Salvatore, der Bauer bei Pippo Parlato war, diesem hochgewachsenen Herrn, mit dem der Cavaliere nie Briscola spielen wollte, weil er, wie er sagte, »keine Mogelzeichen geben konnte«. Pippo hatte wirklich einen Haufen Tricks, und wenn er mitspielte, verstand niemand mehr, was los war. Es endete damit, daß er daneben saß und den anderen zusah. So fing er dann zu reden an.

»Was gibt's Neues da drüben?« begann Giovannino Bonsignore, der einen Sohn in meiner Klasse hatte.

»Das Übliche, was weiß denn ich.«

»Das Übliche?«

»Salvatore sagt, der junge Professore ist neulich ins Zimmer der Großen hochgegangen. Aber zusammen mit der kleinen Schwester. Das hat Maria Rosaria erzählt. Sie hat sie auf der Treppe gesehen.«

»Diese Geschichte wird böse enden, was Antonino?« Der Cavaliere hatte diesen Satz seinem Drucker zugerufen, davon überzeugt, daß er hinter ihm saß. Aber Antonino war nicht da. »Antonino, ja den kennt der junge Professore, mit dem spricht er!«

Der Cavaliere ärgerte sich darüber. Und daß ich nicht mit ihnen sprach und mich voller Sympathie ausgerechnet diesem armen Mann zuwandte, verstand man einfach nicht. Da sie mich schließlich jedesmal, wenn ich sie traf, herzlich grüßten, konnten sie sich nicht erklären, daß und warum ich nicht ein paar Worte mit ihnen wechselte.

Ganz zu schweigen davon, daß ich nicht nur vermied, regelmäßig das Tripoli zu besuchen, sondern daß mich – nach dem, was dem Cavaliere bekannt war, der auf mehreren Hochzeiten tanzte – obendrein auch nie jemand im Klub des Städtchens gesehen hatte, einem anderen Kreis, wo Klatsch und Tratsch anderen Regeln unterlag. Auch weil man die Dinge immer zuerst im Tripoli erfuhr und obwohl es kein so elegantes Café wie das Vittorio mehr war, galt es als eine Tradition des Städtchens und wurde von den Herren wohlwollend beehrt, und sei es auch nur, weil man hier einen besseren Eiskaffee trank als in Catania.

Diese Mischung warf ein klares Licht auf die Gewohnheiten einer Stadt, in der niemand auf die Idee kam, mit Antonino, dem Drucker, an einem Tisch des Tripoli zu sitzen oder allzu begeistert einen wie Totò zu grüßen, wenn man ihn zufällig auf dem Hauptkorso traf.

In dieser Hinsicht kamen der Professor und Donna Franca aus einer anderen Welt. Niemand hatte sie je im Tripoli oder im Klub gesehen. Nach dem Fest von 1934, dem des Cavaliere, gingen sie nicht einmal mehr zu einem Spaziergang aus.

Der Cavaliere war die einzige Form von Literatur in diesen engen Gassen. Und nicht nur, weil er immer etwas erzählte, an das sich nicht einmal die Alten erinnerten, sondern auch wegen der paar Seiten, groß wie Bettlaken, auf denen er über alles mögliche schrieb: »L'Indipendenza«. Einige Jahre rühmte sich der Titelteil mit dem Zusatz: »Separatistische Wochenzeitung«. Und zwar bis 1956, solange der Cavaliere von Rechtsanwalt Bellomia Geld bekam. Herrliche Zeiten, auch für Antonino, der fest mit seinem Wochenlohn rechnen konnte. Dann starb Bellomia bei einem Jagdunfall, die Wochenzeitung des Cavaliere blieb unabhängig, aber nicht separatistisch, und der Zusatz verschwand. Doch der Artikel ganz am Ende, der, mit dem die letzte Seite des Blattes abschloß, war stets ein besonderer Schlußpunkt. Manchmal waren es

Märchen, Fabeln oder Erzählungen, die mit dem Leben der Stadt zu tun hatten. Ein literarischer Raum, wo die Gebildeten ihre ehrgeizigsten Proben veröffentlichten.

»L'Indipendenza« war ein Blatt von zweifelhaftem Ruf. Der Cavaliere behauptete, sich an der ruhmreichen Stadtzeitung »Il Tamburo« aus dem ausgehenden letzten Jahrhundert zu orientieren. Doch in den Klub gelangte »L'Indipendenza« nicht einmal in der Jackentasche versteckt. Aber dieselben Leute, die Rommé spielten und darüber diskutierten, ob »unser Vittorini« denn ein »eleganter« Schriftsteller war, ob sein Italienisch ein Italienisch war, »das diesen Namen verdiente«, sparten nicht mit Jugenderzählungen und anderen Beiträgen, die das Blatt rasch in einen Tummelplatz der Eitelkeiten verwandelte. Einmal geriet auch ich in Versuchung. Der Cavaliere persönlich bat mich um »etwas«, er »wäre doch sehr geehrt«. Er erhob sich mühsam von seinem Stuhl, und während er sich aufrecht auf seinen Stock stützte, fragte er mich, ob ich nicht eine Erzählung für ihn hätte, seine Zeitung verkörpere »ein Stück Geschichte der sizilianischen Politik, und natürlich der schöngeistigen Literatur«. Ich hatte rein gar nichts, und dieses Gespräch war mir etwas unangenehm.

Ich war es leid, zu wissen und nicht zu wissen, nicht in der Lage zu sein, die wahren Geschichten von den erfundenen zu trennen. Nach nur zwei Unterrichtsstunden über das *Hohelied* hatte die Stadt bereits einen unverbesserlichen Verführer aus mir gemacht, wobei man von der Vorstellung ausging, Nunzia sei meine Gefangene. Diese Theorie bevorzugte man nicht nur im Tripoli, aus dem das Gerede zu mir drang, sondern auch im Klub, wo sich die Diskussionen mit etwas mehr Achtung vor der Wahrheit entzündeten und sich auch die Damen mit Diskretion beteiligten.

Ich muß sagen, daß ich, obwohl ich nie ein Romméspieler war, gleich nach meiner Ankunft in der Stadt die Einladung erhielt, in den Klub einzutreten. Sie kam von Professor Romano, der Schulleiter in Catania gewesen war und nach seiner Pensionierung hierher zurückkehrte. Romano war ein guter Bekannter meiner Familie und beeilte sich, an den von meinem Vater besuchten Spieltischen Catanias unverzüglich das Gerücht zu verbreiten, ich habe in S. ein Mädchen verführt, das minderjährig und obendrein Waise war. Noch dazu hatte ich es im Klassenzimmer getan. Diese Geschichte wurde mit der Zeit maßlos aufgebläht, so daß Ninetta immer etwas Neues zu erzählen hatte. Einmal waren es die Toiletten der Schule, ein andermal (man weiß nicht, wie) sogar das Lehrerpult. Die Sache sei vor aller Augen passiert, oder nein: Ein Schüler habe die Tür geöffnet und unverzüglich wieder geschlossen, während sie dort unter mir lag.

Eine Zeitlang schenkte man bei mir zu Hause den Klatschgeschichten kaum Glauben. Francesca war nicht minderjährig, und sie war auch nicht meine Schülerin. Doch was Nunzia betraf, wußte meine Mutter nicht, wie alt sie schon war. Sie hielten sie für etwa elfjährig, und damit hatte es sich. Allerdings gewiß nicht für Ninetta, die eine recht genaue Vorstellung von Nunzias Alter hatte. Und sie hatte auch eine Vorstellung von ihrem Blick, von ihrer Art, sich zu kleiden, und von allem anderen, denn sie hatte sie auf der Straße gesehen, ein einziges Mal, und verstanden, was zu verstehen war.

Diesen Blick, diese Geschmeidigkeit des Körpers (»sie sieht aus wie ein Leopard«, hatte Ninetta mit zögernder Bewunderung sogleich kommentiert) hielt man für fremdartig. Und war denn Donna Francas Mutter nicht eine deutsche Adlige gewesen?

Tatsächlich war die Großmutter von Nunzia und Francesca adlig gewesen, aber keine Deutsche, sondern Russin. Es hieß, Nunzia habe ihre Augen geerbt. Als sie noch sprach, vor ihrer Krankheit, hatte Tante Angelina von dieser Mutter erzählt, die aus Moskau kam und 1901 in Palermo an Land gegangen war. »Sie heiratete Antonio Sapienza. Er sagte, er sei ein Dichter, aber niemand hat je auch nur einen Vers von ihm gefunden. Trotzdem durfte man kein schlechtes Wort über Großvater sagen. Von meiner Mutter will ich gar nicht erst reden, aber auch Tante Angelina duldete keine Kritik. Was meine Großmutter anging«, fügte Francesca ironisch hinzu, »erzählte man sich, ihre Augen hätten die Männer hypnotisiert.«

Wende deine Augen von mir,
denn sie beunruhigen mich ...

Wessen Augen waren das? Die von Salomos Braut? Oder Nunzias, die den »asiatischen Schnitt« der russischen Großmutter geerbt hatte? »Averte oculos tuos a me, quia ipsi me avolare fecerunt.« Vielleicht sollte man lieber übersetzen, daß die Augen »verwirrten«, statt, wie ich es getan hatte, »beunruhigten«. Doch in dem Wort Verwirrung steckte etwas, das mir schon alt, vergangen und gefällig erschien. Nunzias Augen beunruhigten mich, während Verwirrung dagegen etwas von nur kurzer Dauer ist.

Damals gab es weniger Geschwindigkeit, das Leben nahm langsamere Wendungen. Nunzia erschien fern in der Zeit, viel ferner, als sie wirklich war. Als sei dieser Abstand, der mich von ihrer Bank in der ersten Reihe trennte, manchmal viel größer und so auch diese ganze Welt aus plötzlichen Entfernungen und Nähen, die sich rings um mich her drehte. Ich sah die Leute in der Ferne Dinge über mich erzählen, über die niemand auch nur irgend etwas wußte. Und ich betrachtete mich als jemand, der durch sie lebte. Ich war letztlich Zeuge eines Lebens, das es nicht gab, nicht für Francesca, nicht für Nunzia, nicht für Totò. Selbst die entfernteste Vergangenheit wurde zum Gerücht und verlor an Wahrheit.

Aber das sind Gedanken im nachhinein, die fehl am Platz sind. Über jener Gegenwart lag das Tuch der Penelope, das gewebt und wieder aufgetrennt wurde. Figuren eines Schauspiels, bei dem man ohne Konzept auf der Bühne erschien und ohne daß es eine richtige Geschichte zu erzählen gab. Es gab das Gerede im Tripoli, das nur aus Mutmaßungen und Gerüchten bestand. Und es gab die mit den Karten und mit dem erstaunten Benehmen, das sie die seltenen Male, da ich an ihnen vorbeikam, hervorkehrten. Wer war das, schienen sie zu denken, der die Zeit, die schon seit Ewigkeiten stillstand, wieder in Bewegung gesetzt hatte? Wie war ich in diese Stadt geraten?

Alles war durch Francesca so gekommen, die ich dem Briscola-Grüppchen zufolge (so erzählte es der Drucker) in Rom kennengelernt hatte. Ohne daß jemand wirklich wußte, daß ich in Rom gewesen war. Francesca war nur einmal auf der Durchreise dort gewesen, und noch dazu als kleines Kind. Doch wenn ich sagen wollte, welches meine erste Erinnerung an Francesca ist, müßte ich mich auf Tübingen zurückbesinnen. Gleich hinter dem Markt gab es ein kleines Lokal. Ich hatte gesehen, wie der Professor zusammen mit einem wunderschönen Mädchen hineinging. Sie sah sehr jung aus, doch ich hatte keine Gelegenheit, ihr richtig ins Gesicht zu sehen. Ich trat nicht sofort ein und tat dann zunächst so, als habe ich sie nicht bemerkt. Erst später ging ich hinüber, um sie zu begrüßen, und er stellte mir das Mädchen als seine Tochter vor. Als ich an meinen Tisch zurückwollte, überraschte mich Francesca mit der Frage: »Warum setzen Sie sich nicht zu uns?«

Wie alt war Francesca? Vielleicht achtzehn. Wollte sie schon nach Paris? Nein, noch nicht. Hätte ich Francesca allein und nicht in Begleitung ihres Vaters gesehen, hätte ich sie für eine Deutsche gehalten.

Damals war es (und ich muß zugeben, daß ich mich an dieses Detail erst später erinnerte, als sei es in der Schublade eines Gedächtnisses eingeschlossen gewesen, das keine Mittel hatte, es zu interpretieren), daß ich von einem deutschen Gärtner hörte, der in das Haus auf Sizilien geschickt werden sollte. »Mama will den Garten in Ordnung bringen, sie denkt an nichts anderes mehr. Sie will auch die verlassene Ruine der Familie Nicastro kaufen, um ihn zu erweitern«, sagte Francesca. Obgleich ich diese Worte nur aus dem Gedächtnis rekonstruiert habe – und es kann durchaus sein, daß es nicht haargenau dieselben waren –, erinnere ich mich aber noch genau an Francescas Gesichtsausdruck: Sie war besorgt. Nur wenige Worte, die den Vater alarmierten. Er sah seine Tochter unsicher an und wechselte das Thema.

Von nun an sah ich Francesca oft. Zunächst zufällig, später bei Begegnungen, die lange dauerten, ganze Nachmittage in meiner Wohnung, die auf den Fluß und auf den Platanenweg hinausging. Allerdings beschloß Francesca dann unvermittelt, nach Frankreich zu fahren, wo sie bereits zwei Jahre im Internat verbracht hatte. Sie wollte Medizin studieren, doch eigentlich ging sie nach Paris, um die Vorlesungen von Léon Certaux zu besuchen, einem Psychiater, der zu den Ursprüngen der Psychoanalyse zurückkehren wollte und die Ansicht vertrat, viele Krankheiten seien die Folge von Hysterie.

Léon Certaux behandelte mit Hypnose und wurde damals, mit dem kollegialen Wohlwollen der Pariser medizinischen Welt, die der Psychoanalyse eigentlich noch feindlich gesonnen war, so etwas wie ein Meister der Psychiatrie in der Fakultät der Rue Jacob. Es war nicht weiter verwunderlich, daß Francesca von einem Mann fasziniert war, der mit keiner Mode ging. Francesca war so. Sie reiste ab, und ich begann, das bezaubernde Tübingen für einen unerträglichen Ort zu halten. Ich hätte Francesca gern in Sizilien gesehen, zusammen mit mir. Mehrere Wochen wartete ich auf einen Brief, den zu schreiben sie nie versprochen hatte. Wenn ich an diese Tage zurückdenke, kann ich nirgends Nunzias Namen finden. Er wurde weder von Francesca noch vom Professor erwähnt. Denn Nunzia war eine Überraschung, die das Schicksal mit Sorgfalt für mich vorbereitet hatte.

7

Francesca sprach nicht gern über Professor Certaux, der seine Vorlesungen in einem Saal hielt, der wie ein griechisches Amphitheater aussah. Hin und wieder saß vor seinem Pult ein Patient oder auch ein mutiger Student. Professor Certaux praktizierte die Hypnose, auch im Hörsaal, und es kam der Tag, da auch Francesca mit geschlossenen Augen auf diesem Stuhl saß. In einer Haltung, die in wachem Zustand niemand zuwege gebracht hätte. Sie schien in der Luft zu schweben, sie hing im Nichts. Was sagte Francesca an diesem Tag vor den Studenten?

»Ich sprach Dialekt, und keiner konnte mich verstehen. Trotzdem hielt ich eine lange Rede. Ich weinte und stand irgendwann auf, aber Certaux setzte mich wieder hin. Keiner konnte mir sagen, was ich erzählt hatte. Danach gab ich alles auf. Auch die Hoffnung, meine Mutter könne von ihrer Nervenkrankheit geheilt werden. Doch zwei Tage später kam dann ein Brief von Mama: Papa ging es schlecht. Ich brauchte drei Tage, um nach Tübingen zu kommen. Zu spät.«

Certaux war ein Strohfeuer. Er verging wie die Moden in Frankreich. Francesca kehrte nach dem Tod ihres Vaters nach Paris zurück. Ich erinnere mich, daß sie in jenen Tagen anders war. Es lag nicht nur an dem plötzlichen Trauerfall. Sie hatte sich verändert.

Sie blieb nur für die Zeit des Begräbnisses, das sich

der Professor ausdrücklich weit weg von Sizilien gewünscht hatte (allerdings wurde die Leiche wegen des Familiengrabs doch dorthin überführt). Francesca reiste ab, und fünf Jahre hörte ich überhaupt nichts von ihr, nur, daß sie in Frankreich lebte. Bis zu dem Tag, da mich ein kurzer Brief erreichte. Eigentlich kam er bei mir zu Hause in Catania an. Der Absender war deutlich zu erkennen, und Ninetta wußte, daß ich sie ohnehin gebeten hätte, den Brief zu öffnen und zu lesen, weshalb sie es tat, ohne auf meine Erlaubnis zu warten. Sie schickte ein Telegramm nach Mailand, wo ich seit drei Monaten wohnte: »Brief Francesca – stop – ankündigt baldige Rückkehr nach S. – stop – sendet Küsse – stop – ich auch – stop – Ninetta.«

Ich ging zu einer Telephonzelle an der Piazza Fontana und rief Ninetta in Catania an. Ich mußte wissen, was sonst noch in dem Brief stand.

»Nichts, gar nichts«, sagte Ninetta. »Nur das, was ich dir geschrieben habe. Kommst du jetzt auch zurück?«

Ich kam zurück. In der Woche darauf. Und bat um eine Anstellung als Lehrer. Es war nicht schwer, den Ort zu wählen. Ich sah mir die Briefmarke auf dem Umschlag an, den Francesca mir geschickt hatte, und begriff, daß sie schon in Sizilien war. In Catania erfuhr ich, daß auch ihre Mutter gestorben war, vor nicht einmal einem Monat. Man erzählte mir, wo sie wohnte und daß ihre Schwester da sei, ich hörte von einem Garten. Das genügte.

»Ich hätte nicht gedacht, daß du so schnell angelaufen kommst«, sagte Francesca mehr als einmal zu mir.

Doch ich kehrte nur zurück, weil ich mich entschlossen hatte, als Gefangener zu leben. Es machte mich neugierig, daß Francesca mir ihren Brief nach Sizilien und nicht anderswohin geschickt hatte, als gäbe es außerhalb der Insel keine Welt und als gelänge es ihr nicht, mir einen Brief in eine größere Ferne zu schicken. Aber das war ein nachträglicher Gedanke, und in diesen Jahren habe ich gelernt, das zu erzählen, was ich sehe, und nicht das, was ich bin.

Auch mit Nunzia. »Ein kleines Mädchen«, sagte Francesca, »noch sehr jung, sie wird sich ändern.« Da war wenig zu ändern, bei Nunzia, doch das verstand Francesca nicht – daran gewöhnt, sich die Welt als eine Schöpfung ihrer selbst zu denken. Wie Totò sich seinen Garten dachte, oder Neumark. Nunzia wäre nie losgefahren, um Certaux' bizarre Vorlesungen zu hören, so etwas interessierte sie nicht. Ein schlichtes Gemüt, sagte Francesca. Ein gefährliches Tier, hatte wohl Totò eines Tages gesagt, der sich mit Frauen weitaus besser auskannte, als man in der Stadt argwöhnen konnte.

Diese Geschichte mit dem gefährlichen Tier zeigte, daß Nunzia sich verändert hatte, und ob es am *Hohenlied* lag, das ich im Unterricht vorlas, oder nicht, konnte noch niemand sagen. Ich jedenfalls war nun für alle ein Sittenstrolch. Und auch Francesca wurde allmählich von Zweifeln erfaßt. Ich war Francesca gefolgt. Dann war Nunzia gekommen. Wenn das, was wir sind, das ist, was wir sehen, wenn das wirklich so ist, gut, dann sah ich überhaupt nichts mehr, betäubt von einer unmäßigen Nähe. Als sei Nunzia ein

Geschöpf aus einer Zeit, die mir sehr weit entfernt schien.

Nunzia sprach ein Italienisch mit unsicherem Akzent und kleidete sich für die damalige Zeit ungewöhnlich. Ganz anders als ihre Altersgenossinnen erschien sie mir um so aufreizender, je mehr sie sich verhüllte. Während Francesca dagegen stets etwas zu Leichtes und Durchsichtiges trug. Ich hatte mir, wie in meinen Träumen, oft vorgestellt, beide zusammen seien nur eine einzige Person. Zwei getrennte Hälften, die einander gleichgültig waren.

Ich hatte angenommen, aber das war nur am Anfang, daß ich alle beide begehrte, daß ich mich ohne diese beiden Hälften nicht befriedigt fühlen könnte. Dann zerbarst meine Leidenschaft für Francesca unter der Wucht, mit der Nunzia in mein Leben einbrach. Aber nicht ohne die Scherben in meinen Händen zurückzulassen und den Staub in meiner Nase, in meinen Augen, in meinen Kleidern. Einen Staub, der so fein und dicht war, daß er mich hinderte, zu sehen und zu verstehen. Der Palazzo, in dem Francesca und Nunzia wohnten, erschien mir von Tag zu Tag weniger vertraut, fremder und gleichwohl immer reizvoller. Das mußte Ninetta bei einer der seltenen Gelegenheiten gespürt haben, da sie mich – zum Namenstag meines Vaters – nach Catania gelotst hatte.

»Du hast dieses Haus für immer verlassen. Du bewegst dich, als sei es nie deines gewesen.«

Ninetta konnte es nicht besser wissen. Ich aber betrachtete Maria Rosaria oder auch Totò, die mir nachspionierten, wenn ich die Treppe hochging (oben war da immer ein Schatten – der von Nunzia), und die dachten, ich sei auf dem Weg ins Bett der beiden Schwestern. Ihre Blicke unterschieden sich. Empört und unduldsam der des Hausmädchens, als wolle sie früher oder später vor Wut platzen. Mehr wissend als komplizenhaft der von Totò – wie der Blick eines Menschen, der nur zu gut weiß, wie sehr die Leidenschaft der Sinne zu einer Krankheit werden kann, von der man nur notgedrungen geheilt wird, wenn der Körper keine Exzesse mehr zuläßt und das Gedächtnis des Körpers nicht einmal mehr die Phantasie stützt.

Zuweilen sah Totò aus wie ein alter Mann. Vor allem der Ausdruck seiner Augen verlor dann an Farbigkeit und Kraft, wie bei einem Heimatlosen. Totò besaß nichts. Er sagte, sein Reichtum bestehe aus wenigen Dingen: aus einer alten spanischen Uhr, aus einigen in Kupfer gefaßten Kompassen und besonders aus fünf oder sechs sonderbaren Muscheln, die aus Westindien stammten. Zweifellos Geschenke von Neumark, aus dem Seemannskoffer mit den abgewetzten Kanten, auf dessen Deckel ein Anfangsbuchstabe eingebrannt war, der keinesfalls seiner war: ein »B«.

Totò war stolz auf seine Muscheln. Darin rauschte das Meer, das ihm angst machte, weil Neumark immer von abgelegenen, gefährlichen Häfen wie der Bucht von Matavai erzählt hatte, »wo es einen kleinen Perlmuttmarkt gab und lachende Gesichter aller Art«. Und wohin Neumark, wie er beteuerte, eines Tages zurückkehren würde.

Aber was für ein Unterschied zwischen Totò, dem Café Tripoli und der Bucht von Matavai, die offenbar ein Ort war, der eher zu Nunzia als zu diesem armen Kerl von Gärtner paßte! Wo ein Ort namens Matavai liegen könnte, wußte niemand zu sagen. Aber aus Matavai waren drei riesige Bäume gekommen, die bei den Eingeborenen »Betelnußpalmen« heißen. Neumark glaubte nicht, daß sie ohne die tropische Hitze Polynesiens überleben würden. Das war eines seiner vielen Wunderwerke. Die Palmen sind jetzt über zwanzig Meter hoch. Man kann sie auch vom Dock aus sehen, bevor man über die Brücke geht. Sie sind die vielleicht höchsten Bäume der Stadt.

»Hier nimm, das ist besser als Wein«, hatte Nunzia gesagt und mir einen Samen gegeben, den sie aus einer kleinen Beere am Fuß des Baumes gelöst hatte. »Kau ihn, so kräftig du kannst. Wenn er bitter wird, spuck ihn aus.«

Ich kaute lange und bekam einen leichten Rausch, aber nichts im Vergleich zu dem Wein, den sie im Haus hatten – in großen, versiegelten Terrakottaamphoren. Es war ein bernsteinfarbener Wein, der nach Mandeln duftete. Der Professor hatte oft erzählt, daß sie ihn vom Land mitgebracht hatten, als Nunzia noch nicht einmal geboren war. Er war wohl zwanzig Jahre alt, dieser Wein. Eines Sommers trank Francesca (»ich war noch ein kleines Mädchen«) davon, und ihr wurde schlecht. Totò genehmigte sich immer einen Schluck, bevor er nach der Arbeit den Garten verließ. Nunzia trank bis zum Umfallen davon und schlief dann unter irgendeinem Baum ein. Als Maria Rosaria bei Tagesanbruch die Küchentür öffnete, entdeckte sie Nunzia und weckte sie. Sie wollte, daß sie in ihr Zimmer ging, doch Nunzia kam nur bis zu dem geblümten Sofa und schlief dort weiter. Sie sagte, sie träume von nie gesehenen Orten, wenn sie von diesem Wein getrunken habe, der älter war als sie. Es mochte ein Marsala sein, nur trüber.

Wie nicht anders zu erwarten, hatte Maria Rosaria es nicht versäumt, alle, die sie fand, über Nunzia aufzuklären, die in ihrem Alter nicht einmal um Wein einen Bogen machte! Ja, gewiß, Nunzia war ein kleines Mädchen, das es liebte, wenn sein Leben ins Weite hinausstrebte wie die Schiffe, die Neumark kommen ließ. Und diese Ungezügeltheit ärgerte Francesca, die nicht einmal Certaux' Experimenten widerstanden hatte und aus Paris geflohen war, ohne auch nur an ihr Gepäck zu denken.

Man sagte, Francesca habe Ähnlichkeit mit dem Professor. Sie traf kühl ihre Entscheidungen und lebte anschließend konsequent danach, ohne noch fähig zu sein, sich zu widersetzen. Man sagte, Nunzia sei genau wie Donna Franca, damit beschäftigt, sich in einer Vergangenheit zu suchen, die an wer weiß welchem Horizont endete.

Ich wollte dich führen in meiner Mutter Haus,
hinein bis in ihre Kammer,
und wollte dich tränken mit süßem Wein
vermischt mit dem Saft der Granatäpfel.

Das *Hohelied* war für Nunzia ein Brevier geworden, ein skandalöses Handbuch zum persönlichen Gebrauch. Und wenn ihre Klassenkameraden bei der Übersetzung von »et dabo tibi poculum ex vino condito« zauderten, lachte sie. Denn sie verstand es zweifellos, ihren aromatischen Wein mit dem Saft der Granatäpfel zu mischen, die sie mit rotverschmiertem Mund aß, während sie die Frucht in den Händen hielt, als wolle sie sie verstecken.

Nunzia war eine ausgezeichnete Schülerin. Sie übersetzte fleißig aus dem Lateinischen und Griechischen, weil es mir Freude machte. Sie sah mich an, wie ich es wollte. Und sie tat das alles, ohne auch nur ein einziges Mal weniger zu werden, als sie war. Es ging nicht um eine Kapitulation und auch nicht darum, mir gefällig zu sein. Sondern allenfalls um ein Spiel ohne Gewinner und Verlierer. Dessen Vergnügen einzig darin bestand, die Regeln festzulegen.

»Hüte dich vor meiner Schwester, ihre Denkweise ist nicht gesund. Sie ist wie meine Mutter. Sie sieht, was nicht da ist«, sagte Francesca einmal zu mir. »Sie hatte eine Heidenangst vor meinem Vater und blickte zu Boden, wenn er mit ihr sprach. Aber da war sie noch ein kleines Mädchen. Eine Lehrerin kam ins Haus, um sie in Arithmetik und Latein zu unterrichten. Wir sind nie zusammen aufgewachsen. Ja, ich habe sie überhaupt nie wachsen gesehen. Sie hat sich verändert, einfach so, von einem Tag auf den anderen. Als sie aus dem Zimmer kam, das auf den Flur im ersten Stock führt. Es war nachmittags, die Fensterläden fest verschlossen, Licht, das hereindringt und sich verliert, während es den Staub anstrahlt. Ich drehe mich um und sehe eine dunkle Gestalt, die sich bewegt. Hochgewachsen, mit offenem Haar, sie war nackt. Es war nur ein winziger Augenblick, eine Sekunde vielleicht, und ich dachte: Wer läuft denn so herum? Sie sah aus wie eine geschmeidige Kurve, die plötzlich zum Leben erwacht. Ich dachte: Der Glückliche, der sie bekommt. Sie war eine Göttin.«

Ich hatte mich in einer Illusion verloren, die an manchen Stunden des Tages alles mit sich fortriß. Francesca sagte: »Man ist, was man lebt.« Ich war ein Mann geworden, der keine Briefe mehr zu schreiben hatte, keine Bücher mehr zu lesen, keine Freunde mehr zu treffen. Ich betrachtete die Häuser und versuchte auszuspähen, was in ihnen war, das Dunkel hinter den Fenstern, die schwachen Lichter, überzeugt davon, daß die Zeit lediglich eine Form des Raumes sei und die Vergangenheit nur ein bißchen weiter weg, am Ende dieses Flurs.

Ich träumte, daß ich in diesen Teil des Palazzos zurückkehrte, gefolgt von Nunzia, ein Stück hinter mir. Ich träumte, daß ich zum Beherrscher dieser Mäander wurde, die in Francescas Zimmer endeten.

Ich träumte von Seesternen auf Klippen, und von alten Schlafzimmern, solchen, die auf dem Schrottplatz endeten, damit die neuen aus Teakholz hingestellt werden konnten, in Räumen, deren Fenster für den Autolärm geöffnet wurden.

Ich träumte von Seidenstrümpfen, die von abgenutzten, glanzlosen Nußbaumkommoden hingen, mit Farben, die durch die Schatten härter wurden.

Ich träumte von Menschen, die nie existiert hatten. Von Photographien mit gezackten Rändern, die in Silberrahmen verlassen nachdunkelten. Ich träumte, daß ich mir das Gesicht in dem Bad wusch, das dem Zimmer gegenüberliegt, das Neumarks gewesen war, weil das Wasser dort rostfarben ist. Und daß ich ins Tripoli ging, um eine Partie ohne Karten zu spielen, und daß meine Tischgenossen stumm waren, alle außer Antonino, mein Drucker, der das *Hohelied* las, und ich hörte eine unbekannte Melodie.

Ich träumte von einer Photographie des Tripoli, mit dem Grüppchen, das draußen saß. Der Cavaliere hinten links mit seinem Stock, die anderen mit den Karten in der Hand, zwei von ihnen mit dem Rücken im Bild, doch zum Objektiv gewandt, den Ellenbogen auf der Stuhllehne. Und rechts ein kleiner Greis, der, am Weitergehen gehindert, dastand. Auf dem Rand des Photos ein Trockenstempel, genau wie ein Seestern. Und die Aufschrift: »Foto Marcianò«. Aber der Drucker, der Mann mit der bleiverschmierten Hand, ist nicht auf dem Bild. Und die anderen auch nicht, der Direktor, der mich kurze Zeit später suspendieren würde, aber auf seine Art; der Schulrat, der mich mit vielen Umständen begrüßt hatte. Auch mein Vater ist da nicht, der alt und besorgt aus Catania anreiste. Sie sprachen von einem Skandal. Doch die Fischer sahen mich anders an, und der Regen auf den Fußwegen sammelte sich in reglosen Pfützen und wusch nichts weg. Alles blieb, auch der Blick von Professor Pirandello, den nur wenige vergessen hatten; auch Donna Franca, die sich bisweilen auf der Straße zeigte, und wenn das geschah, blieben alle stehen, und der eine oder andere grüßte mit Respekt.

»Professore, das *Hohelied*, ausgerechnet! Und sie ist doch noch ein Mädchen! Obwohl sie andererseits auch eine ausgewachsene Frau ist«, wiederholte der Direktor tröstend.

Am liebsten hätte ich mir diesen Satz wie einen Leitspruch in Marmor gemeißelt – einer Stadt würdig, die ich zu lieben begann. Wenn ich gekonnt hätte, hätte ich mich an dieses Eckfenster des Palazzos gestellt, um auf den Garten und gleichzeitig auf die Straße zu sehen, und ich hätte der Stadt Nunzia gezeigt. Nunzia nackt, Nunzia sonnenverbrannt. Und alles wäre wieder in Ordnung gewesen, es gab niemanden in diesem Haus, der darunter leiden konnte, außer vielleicht diese alte Tante, die ich nie gesehen hatte, niemanden, auf den sich auf dem Korso der Klatsch oder die Blicke richten konnten.

Alle betrachteten Nunzia und Francesca wie durch ein Fernrohr. Vielleicht das gleiche Messingfernrohr, das Neumark in der Jacke trug, wenn er zum Pier kam und auf seine Schiffe und Bäume wartete.

Der Drucker hatte eine Narbe auf der rechten Wange, ein schwaches Mal, das man in dem Dämmerlicht, in dem er arbeitete, nicht bemerkte: »Dieser Deutsche sprach mich nur einmal an, und zwar als er mich oben an der Küstenstraße traf, wo die Frau von Anselmo wohnt. Er sah mir in die Augen, und das gefiel mir nicht. Er hörte nicht auf damit. Dann fragte er mich, ob ich einen Ort kenne, was weiß ich, weit weg, so einen wie die, an denen er auf seinen Reisen gewesen war. Vor diesem Augenblick hatte ich nicht einmal gewußt, wie seine Stimme klang. Für mich war er stumm. Er sagte noch etwas, aber ohne mich anzusehen. Dann ging er weg.«

Neumark hielt einen Schatz in Händen. Das Geld dieser drei Frauen. Das Geld einer Familie, die, wie man sich erzählte, bis vor fünfzig Jahren so reich wie die Florio gewesen war. Hirngespinste, gewiß, aber an Ländereien mangelte es nicht und auch nicht an Einkünften. Und hatte man denn je so große Palazzi in einer Stadt gesehen? Wer weiß, was darin war! Das fragten sich alle. Ich mich auch. Bei den Gelegenheiten, da ich erneut durch diese Räume schlenderte, auf der Suche nach einem Sinn in den Mustern, die der Staub auf die Dinge legte. Verloren zwischen der gestochen scharfen Photographie einer Welt, die ich zu kennen glaubte, und dieser Geschichte in der Schwebe: *hortus conclusus, fons signatus*.

8

Die Sozialisten waren kurz davor, die Macht zu übernehmen. Zumindest nach dem Geschwätz zu urteilen, das man so hörte. Es hieß, Moro wolle ein Bündnis mit den Sozialisten schließen, er wolle es auf dem Parteitag der Christdemokraten ankündigen. Antonino befürchtete, die Amerikaner könnten noch einmal landen, um Italien zu retten, weil die Amerikaner dachten, daß auch die Kommunisten an die Regierung kommen könnten und daß Moro da einen Fehler machte.

Darüber sprach man in den Cafés, und seit einigen Tagen war mein Unterricht ausgesetzt. Man sprach über die Sozialisten, und man sprach auch über mich. Das ganze Gerede vermischte sich sogar, bis man schließlich überhaupt nichts mehr verstand. Ob ich Kommunist war? Aber der Cavaliere hatte in Catania Erkundigungen eingeholt, meine Familie war »in Ordnung«. Wir konnten keine Kommunisten sein. Zumal mein Vater an der Universität eine Vergangenheit als junger Katholik hinter sich hatte, auch wenn sein Engagement stets verhalten gewesen war. Die Christdemokraten hatte er nie besonders gemocht, vor allem die sizilianischen nicht. Mein Vater gehörte ohnehin nicht zu denen, die sich einer konkreten Sache anschließen konnten, nicht einmal der Arztberuf hatte ihn begeistert. Nichts, gar nichts! Den lieben, langen Tag las er irgend etwas. So war er, als er gegen Ninettas Rat beschloß, sich von meinem Schwager Alfredo hierher begleiten zu lassen, vor allem über sich selbst erstaunt, da er sich in seinem tiefsten Innern soviel Entschlossenheit nicht hätte träumen lassen.

Ich verbrachte inzwischen mehr Zeit bei Nunzia als in dem Haus in der Via Carafa. Zwei Zimmer, die man mir erst gar nicht hatte vermieten wollen, weil niemand gern in der Altstadt wohnte, und noch dazu so ein junger Herr meines Standes! Ein Lehrer über dem Fischmarkt und fünfzig Meter vom berüchtigtsten Bordell der Stadt entfernt! Dem, von dem alle behaupteten, es sei geschlossen, aber von Zeit zu Zeit kamen die Mädchen dorthin, und einiges verdienten sie auch. Am Anfang sah ich sie verstohlen auf und ab gehen, in Grüppchen zu zweit oder zu dritt. Doch nach ein paar Wochen sah ich sie nicht mehr, mein Tagesablauf hatte sich geändert. Wenn ich nun nach Hause kam, war es bereits Nacht. Oft ging ich auch nachts nicht mehr heim. Ich wartete bis zum Morgengrauen, und wenn ich das Haus verließ, begegnete ich Totò, der Frühaufsteher war und das Tor vor sechs Uhr aufschloß.

Totò wußte, was im Haus vor sich ging, und die ganze Stadt wußte es auch, nur daß sich jeder etwas anderes darunter vorstellte. Die Quelle war Maria Rosaria. Doch die Variationen schienen endlos zu sein, Variationen, die im Tripoli für anregenden Kitzel sorgten, während sie im Klub wie Totenglocken klangen. Was für ein Ende, was für ein Unglück! Aber das hatte man sich in der Familie Pirandello natürlich selbst zuzuschreiben! Wozu denn auch all diese Reisen, noch dazu nach Deutschland, und diese Verrücktheit, trotz dieses Geflechts enger Straßen den Garten zu vergrößern! Das hätte auch den unbescholtensten Menschen in den Wahnsinn getrieben! Wenigstens gab es die Entschuldigung, daß Donna Franca ja nie wohlauf gewesen war, auch in ihrer Jugend nicht; und daß man dem Professor nicht gesagt hatte, daß ihre Nerven nicht in Ordnung waren, und so heiratete er sie und ging traurigen Jahren entgegen. Was wollte man da von diesen Mädchen verlangen! Wo doch Doktor Di Stefano aus Palermo nie hergekommen war, und das, obwohl da außer den Nichten auch noch eine todkranke Tante war, nach der man sehen mußte! Aber der Onkel der Mädchen hatte sich ja nie gekümmert. Und Francesca konnte ihn nicht ausstehen, und offenbar hatte sie ihn nach dem letzten Besuch, als er einen Teil des Palazzos beanspruchte, davor gewarnt, sich noch einmal blikken zu lassen.

Doch wer weiß, ob das stimmte. Doktor Di Stefano, Onkel Salvatore, war Knochenspezialist und fett wie kein zweiter. Er paßte (sagten die Nichten) nicht einmal in den Fahrstuhl, den man in seinen Palazzo in Palermo eingebaut hatte. Er war fett – und unglücklich verheiratet. Mit einer Frau aus Partinico. Sie war sein Untergang. »Meine Mutter sagte, er ist ein Trottel, wir nannten ihn Onkel, aber eigentlich war er ein Cousin zweiten Grades oder was weiß ich. Als kleines Mädchen biß Nunzia ihm einmal in die Wade. Sie haßte ihn. Die Wunde mußte genäht werden. Meine Schwester war schrecklich, als sie klein war.«

Onkel Salvatore hörte von mir. Irgendwer gab ihm Bescheid, und er begann sich Sorgen zu machen: Was war das denn für einer, der es mit der kleinen Nichte trieb? Es fehlte nicht viel, und er wäre mit seinem Sohn aus Palermo gekommen, um sicherzugehen, daß sich niemand den Teil des Palazzos aneignen wollte, den er letztlich für den seinen hielt. Damals waren alle in heller Aufregung, die einen fuhren los, und die anderen spielten mit dem Gedanken loszufahren. Sogar Ninetta schickte jemanden, um mich vor der Ankunft meines Vaters zu warnen.

Die Dinge gerieten plötzlich in Bewegung. Und jedes Maß war überschritten. Auch, weil ich inzwischen alle Vorsicht beiseite gelassen hatte. Ich versteckte mich nicht mehr, wenn ich morgens heimkam, und alle sahen mich. Mir war bewußt, daß Nunzia minderjährig war, daß sie meine Schülerin war, aber ich wollte sie. Am nächsten Tag wartete sie auf mich, ohne daß ich irgend etwas verlangt hätte. Sie ging die Treppe hinauf, und ich folgte ihr. Dann verirrte ich mich. Wo konnte Nunzia sein, in welchem Raum, an welchem Ort? Ich ging in Neumarks Zimmer, in die Bibliothek, ich versuchte, eine Tür zu öffnen, aber sie war verschlossen. Ich zögerte, überzeugt davon, daß Nunzia es war, die sich hier eingeschlossen hatte. Ich kam an die Haupttreppe, kehrte um und ging bis zum Ende des Flurs zurück, bis zum letzten Zimmer. Das hinterste Stück des Ganges wurde schmaler und hatte nur eine Flucht von Räumen, die auf die Straße gingen. Die Fenster auf der anderen Seite zeigten zum Garten. In diesem Flügel wirkte alles gepflegter, die Tapete an den Wänden war nicht zerrissen, die Wandleuchter schienen zu halten, und es gab sogar Glühlampen.

Da sah ich Nunzia.

Sie öffnete die Tür zu Francescas Zimmer gerade so weit, wie nötig war, um sich ganz zu zeigen. Erst jetzt sah ich, daß ihre Kleider im Flur verstreut lagen, und ihr Körper wurde von einem Licht angestrahlt, das ihn zu verbrennen schien.

Antonino erzählte mir später von den Kommentaren im Café. Über Nunzia, als sie sie allein den Korso entlanggehen sahen, nicht einmal eine Freundin hatte sie dabei! Sie ging an ihnen vorüber, ohne sie eines Blickes zu würdigen, verächtlich, mit diesem leichten Körper, der alle Unschlüssigkeit der ersten Jugend verloren hatte. Antonino erzählte mir, was sie gesagt hatten. Denn Nunzia war plötzlich etwas anderes geworden. Nicht wie Francesca, die niemals auf diese Art an ihnen vorbeigeschlendert wäre.

»Aber ihr Haar trug sie nicht offen. Auch ich habe sie sofort angeschaut. Wissen Sie, es war, als hätte man sie nie zuvor gesehen. Der Cavaliere hatte die Karten auf den Tisch gelegt. Er starrte sie wie versteinert an. Die anderen ebenso. Pepè, der rückwärts saß, hatte mit beträchtlichem Lärm seinen Stuhl herumgerückt. Niemand sagte ein Wort. Es sah aus, als wäre ihnen ein Gespenst erschienen. Um wieviel Uhr das war, fragen Sie? Um sieben oder acht, glaube ich. Es war Sonntag, darum war ich um diese Zeit da. Aber wissen Sie, es war nicht nur dieser Körper mit dem leichten Kleid, das, wie Sie sagen, sehr eng anlag. Es war auch die Perlenkette, die in diesem Licht Feuer zu fangen schien. Der Cavaliere sagte nur einen einzigen Satz. ›Sie sieht aus wie ihre‹, weiter nichts. Nur daß danach keiner mehr Lust zum Kartenspielen hatte. Ich ging zurück in die Druckerei. Es war, als sei ein Gewitter niedergegangen, das eine ganze Nacht gedauert hatte. Es war wie früh am Morgen, sogar die Luft war frisch geworden.«

Antonino hatte mir von Nunzia erzählt und davon, wie sie über den Korso gegangen war, an ebenjenem Nachmittag, als sie mir die Tür geöffnet hatte. Und draußen lagen ihre Kleider, damit Francesca sie sah. Und Totò fand das weiße Hemdchen, das wie eine Fahne am Griff des Fensters gehangen hatte, welches zum Garten zeigte und offenstand.

So tat der Wind das Seine, und alle im Haus sahen ein Hemdchen, das in der Luft schwebte und genau zwei Schritt von Totò entfernt landete. Und Maria Rosaria erzählt, da sei vorn ein kleiner Blutfleck gewesen, das Blut meiner Bisse. Allerdings hatte Nunzia das Hemdchen schon vorher ausgezogen, bevor sie mir die Tür eines Zimmers geöffnet hatte, von dem ich glaubte, es sei Francescas, das dann aber niemandem gehörte, und wo ein Bett war und ein Frisiertisch aus Holz mit einem großen Spiegel, aber nicht einmal Bettzeug und nur ein Sessel. Und dazu diese geflüsterten Worte, Nunzias Stimme, die klang, als hätte sie sich überschlagen, um nicht zu sagen wie Schreie, die wohl bis ans Meer drangen, so laut waren sie am Ende.

Du hast mir den Verstand geraubt mit einem
einzigen Blick deiner Augen,
und mit diesem Knoten in deiner Kette.

Was meinte der Cavaliere, als er die Kette bemerkte und sagte: »Sie sieht aus wie ihre«? Die Kette riß dann ein paar Tage später, und die Perlen rollten in alle Richtungen über den Boden. Nur zwei blieben an ihrem Hals, und eine lag in der Vertiefung am Schlüsselbein und bewegte sich hin und her wie die Kügelchen in den Spieltischen, die aus Amerika gekommen waren.

»Sie sieht aus wie ihre«, hatte der Cavaliere gesagt, und alle sahen ihn bewundernd an, denn er wußte, oder ließ vielmehr durchblicken, daß es an jenem Abend mit Donna Franca mehr als diesen Blick gegeben hatte. Gerade deshalb hatte der Cavaliere die Kette wiedererkannt, die Nunzia trug. Denn den Schmuck der Mama hatte niemand mehr getragen. Francesca trug ihn nicht. Und Nunzia war zu klein. Jetzt, da sie herangewachsen war, hatte sie diese Perlenkette angelegt. Und hatte genau am Ansatz dieses vollkommenen Halses einen Knoten gemacht.

An jenem Nachmittag hatte mich Nunzia, als ich noch schlief, allein im Zimmer gelassen und war ausgegangen. Sie war mehr als einmal am Tripoli vorbeigegangen und hatte dann den Korso Vittorio Emanuele eingeschlagen, wo ein paar Geschäfte geöffnet hatten und wo das Café liegt, das von den Jüngeren besucht wurde und von dem, was man damals als die »Crème der Stadt« bezeichnete. Das Café Vittorio hatte das Tripoli verdrängt, das im Grunde allmählich verfiel und immer mehr zum Herrschaftsbereich von Cavaliere Corpaci und diesem Grüppchen von Grundbesitzern wurde, die zwar sicherlich reich, aber nicht weniger ergraut waren.

Im Café Vittorio liefen die Dinge anders. Es war anders als diese Tischchen aus dunklem Marmor, die man im Tripoli sah. Hier gab es eine neue Eisdiele, und alles wurde von modernen Lampen angestrahlt. Viele junge Leute in meinem Alter kehrten für gewöhnlich hier ein, um einen Aperitif zu trinken und zu verabreden, wie man den weiteren Abend verbringen wollte. Sogar die Mädchen hatten begonnen, dieses innenarchitektonische Prachtstück mit der Theke aus massivem Mahagoni und mit den kleinen Sofas zu besuchen, wenn auch nie allein.

Nur Francesca ging allein dorthin. Um Zeitung oder ein Buch zu lesen. Doch keines der anderen Mädchen hätte sie je angesprochen. Die Jungen hätten es liebend gern getan, trauten sich aber nicht. Da war es doch besser, sich mit der Pinuccia in der Stadt sehen zu lassen, von der man wußte, was sie eigentlich tat, weil sie ja unmöglich soviel Geld haben konnte – mit diesem Vater, der nur Eisenbahner war, und der Mutter, die irgendwas nähte und stickte. Die Pinuccia ging auch zu diesem Café, aber sie blieb draußen und trat nicht ein. Und mit ihr wechselten die Jungen durchaus ein paar Worte, nur mit Francesca nicht. Mit Francesca ging das nicht, und was hätte man zu einer wie ihr auch sagen sollen?

Vor jenem Nachmittag war Nunzia für alle immer

ein kleines Mädchen gewesen. Zumal man sie nie in der Stadt traf. Und so manch einer mußte sich, wenn er sich an ihr Gesicht erinnern wollte, bis zum Begräbnis ihrer Mutter zurückbesinnen, zu dem Francesca ohne Kopftuch gekommen war. Und sie war damals zwar dunkel, aber doch nicht schwarz gekleidet gewesen! Nur die Tante trug etwas auf dem Kopf, und während des ganzen Trauergeleits ließ sie sich von Totò und Francesca ziehen, und sie hatte schon dieses Zittern am Kopf, so daß es aussah, als sage sie unentwegt nein, und wenn man nicht so genau hinschaute, konnte man denken, sie sei gesund und diese Bewegung sei beabsichtigt.

Aber Nunzia? Nicht einmal was jenen Tag betraf, hatte man eine klare Erinnerung an sie. Auch nicht im Tripoli, wo man aufmerksamer und besser informiert war, nicht zuletzt durch Salvatore, den Mann von Maria Rosaria. Von Nunzia wußte man nichts. Trotzdem war sie doch dagewesen, natürlich war sie auf der Beerdigung, wie konnte es auch anders sein? Aber wo war sie? Da sich doch alle nur (und Bonsignore hätte seine Hand dafür ins Feuer gelegt) an Francesca, Totò und die Tante in dieser ersten Reihe erinnerten! Und etwas weiter abseits saß Onkel Agostino, der in Messina wohnte. Wenn man bedenkt, daß dahinter auch noch der Deutsche Neumark saß, und außerdem Pino Sciacca, der christdemokratische Abgeordnete!

Aber an Nunzias Anwesenheit erinnerte sich niemand.

»Sie war da, sie war da! Sie war in der Kirche, ich erinnere mich an sie, die letzte in der ersten Bank, weit weg von den anderen«, wiederholte Antonino Adorno mit Bestimmtheit immer wieder. Er galt an den Tischen des Tripoli als einer von denen, die ein gutes Gedächtnis hatten – nach dem Cavaliere, versteht sich. »Aber ihr seht ja, was aus dem Mädchen geworden ist. Man möchte gar nicht glauben, daß sie schon so groß ist!«

In jener Stunde, da die Sonne versank und die Dächer der Palazzi glühend rot färbte, ging Nunzia vorüber, unbeirrt, anmaßend, ohne jemanden auch nur eines Blickes zu würdigen. Zuweilen rutschte ihr ein Träger des hellen Kleides auf den Arm hinunter, aber das schien sie nicht weiter zu stören, allerdings schien diese entblößte Schulter die Stadt zum Stillstand zu bringen, vom Tripoli bis wer weiß wohin. Doch im Tripoli hatten sie von allen die beste Sicht. Denn hier sah es fast so aus, als wolle Nunzia eintreten. Antonino, dem Drucker, zufolge sagte nun jeder irgend etwas, aber nur ein paar Worte, als könne das Gespräch sie ablenken und diesen Anblick trüben.

»Wer hat die Vier gespielt?«

»Ich. Gaetano, du bist dran.«

»Warte mal!«

»Ist das wirklich die kleine Schwester?«

»Ja, wie alt wird sie jetzt sein?«

»Achtzehn?«

»Jünger, viel jünger ... dreizehn!«

»Ach, was ihr da erzählt! Ich spiele Trumpf. Sechzehn ist sie!«

»Es scheint, sie hat *das vollkommene Alter* ...«

Wenn ich heute daran zurückdenke, sehe ich noch

immer die Perle vor mir, die fast reglos in der Vertiefung an Nunzias Schlüsselbein liegt und sich bewegt, weil Nunzias Körper sich bewegte wie eine Welle. Und dazu die Berührung dieser Haut, dieses Leibes, der gespannt wie ein Trommelfell zu sein schien. Nunzia sah mich kein einziges Mal an. Die ganze Zeit über blieben ihre Augen geschlossen, und ich konnte ihre langen zuckenden Wimpern sehen.

Mit Francesca sprach ich übrigens lieber nicht, obwohl sie Neugier und Entrüstung hervorkehrte und obwohl auch Francesca das Hemdchen gesehen hatte, das eine Weile geflogen war, die allen endlos erschien.

Niemand kann erklären, wie es kam, daß das Hemdchen im Wind aufgebläht wurde wie eines der Segel von den Dreimastern, die für Neumark anlegten. Es blähte sich auf, wehte einige Male an der Sonne vorbei und schien vom Licht verbrannt zu verschwinden, durch das es durchscheinend wurde wie Pergament. Und Totò, der es versäumte, den Obstgarten in Ordnung zu bringen, blieb geradewegs auf der Leiter stehen, die an den Mandelbaum gelehnt war.

Auch die anderen kamen nun aus dem Laubengang, um sich das seltsame Stück anzusehen, das langsame Kreise zog und die Wipfel der höchsten Bäume mied, als wisse es bereits, wo es niedergehen wolle, wenn der Augenblick gekommen sei.

Wie lange dauerte diese Szene? Die einen sagen, mehr als fünfzehn Minuten, die anderen, eine halbe Stunde. Aber kann denn ein Seidenhemdchen länger als eine halbe Stunde fliegen, ohne auf der Wiese zu landen? Nicht, daß es nicht möglich wäre, aber es war wirklich so, denn alle erzählen es auf die gleiche Weise.

Und das Blut? Wer hatte noch gesagt, vorn sei ein kleiner Blutfleck gewesen? Maria Rosaria natürlich, die losging, um das Hemdchen aufzuheben, allerdings nicht, ohne all den anderen, die reglos dastanden, vorher einen Blick zugeworfen zu haben. Maria Rosaria ging ein paar Schritte auf den Granatapfelbaum zu und nahm das Hemdchen auf, dem es gelungen war, sich während seines Fluges nicht in den Ästen zu verfangen und ausgebreitet wie ein Laken in der Sonne am Fuß des Baumes zu landen. Die arme Frau hielt einen Moment lang inne, aber dann, als sei es das Leichentuch Christi, hob sie es mit beiden Händen auf und brachte es ins Haus.

Jetzt schauten alle zu dem offenen Fenster hinauf, dem letzten an der Westseite, und sie schworen, etwas gehört zu haben.

Die Geschichte mit dem Hemdchen hatte sich in der Stadt herumgesprochen, und von einem zum anderen wurde der Flug immer länger, und aus dem einen Fleck wurden zwei in Höhe der Brustwarzen, wie kleine Kirschen, und dann drei, vier, und streifenförmig dazu. Und man erzählte sich, dieses Hemdchen sei bis über den Mauerring des Palazzos geflogen, man habe es wie einen Reiher den Domplatz überqueren gesehen, bevor es ins Meer tauchte. Dort wäre es verlorengegangen, hätte da nicht ein Fischer seine etze eingeholt, der nicht schlecht staunte, als er ein Wäschestück dieses Formats zwischen seinen Fischen fand.

All das wäre zweifellos nicht geschehen, wenn Nunzia, die sich sogleich barbusig aus dem Fenster gelehnt hatte, um das Hemdchen noch festzuhalten, ihr Unterfangen geglückt wäre. Aber so kam es nicht, daher mußte sie sich dem Urteil einer ganzen Stadt ergeben. Und während Klatsch und Tratsch im Café Vittorio vor einer konkreten Einordnung zurückschreckten, weil das moderne Leben dort mit größerer Entschiedenheit Einkehr gehalten hatte, war die Stimmung im Tripoli akademischer. Dort gab es keine Mädchen, die sich über Mode und Eau de Cologne unterhielten. Im Tripoli redeten die Männer weniger und wußten alles. Das Hemdchen war also gerade so weit geflogen, wie nötig war, um im Garten zu landen, und Nunzia hatte sich vorher ausgezogen, und Lucia, die ein frommes Mädchen war, hatte es allen erzählt: Ihre Kleider lagen alle draußen auf dem Flur, angefangen bei den Schuhen auf der Haupttreppe bis hin zu dem Hemdchen, das am offenen Fenster hing. Und Lucia war es auch, die an jenem Nachmittag all diese Sachen aufsammelte, alle außer dem Hemdchen. Und wir beide waren noch in dem Zimmer, aber was Lucia da hörte, hat sie dann doch nicht erzählt.

Doch Blut war da nicht, denn Nunzia hatte das Hemdchen schon vorher ausgezogen, als sie auf mich wartete. Die Geschichte mit dem Blut erzählte dann jemand, der gesehen hatte, wie Nunzia im Haus rasch die Treppe hinunterlief; und sie war nackt, mit einer roten Stelle auf der Brust, und dann mußte sie sich in aller Eile wieder angezogen haben, weil das Gitter sich blitzschnell schloß und alle sahen, wie Nunzia die Straße entlangeilte und flugs um die Ecke bog.

Nunzia trug an jenem Tag – *ein Meer von rabenschwarzen Wellen ihr Haar* – Schuhe mit hohen Absätzen. Obwohl in ihrem Gang nichts Prahlerisches lag. Sie kleidete sich nur mit größerer Eleganz, als es zu dieser Stunde und zu dieser Gelegenheit nötig gewesen wäre. Doch wenn sie nicht diese sonderbare Aura gehabt hätte, die sie an jenem Tag umgab, hätte niemand mehr als sonst auf ein Kleid geachtet, das ihre Kurven und einen Busen betonte, der noch vor wenigen Monaten kaum mehr als eine Andeutung gewesen war. Da allerdings auch Antonino, der Drucker, derart beeindruckt von diesem Ereignis war, mußte es noch einen anderen Grund geben: »Diese Augen, die wie ein Tadel waren; so schwarz, wie wohl nicht einmal meine dunkelste Druckerschwärze.«

Zu der Perlenkette gab es nicht viel zu sagen. Donna Franca hatte diese Kette wie anderen Schmuck getragen, sie war kein besonderes Lieblingsstück.

»Sie sieht aus wie ihre«, hatte der Cavaliere gesagt, erstaunt, sie an Nunzias Hals zu sehen, mit dieser geradezu magischen Wirkung, hervorgerufen durch diese Tageszeit, durch diese Art, sich zu bewegen und durch diesen sonderbaren Kontrast: schreiende Kinder, ein Schirokko, der so schwach wehte, wie es genügte, um es Abend werden zu lassen, abgewetzte Anzüge, dickwandige Gläser auf den Tischen der Cafés, Wäschegeschäfte mit ihren aufgehäuften Waren, düster und klein, und dazu der Tabakladen mit dem ständig heruntergelassenen Rolladen, weil die Sonne den ganzen

Nachmittag direkt auf die Eingangstür brannte, so daß man sich wie in einem Backofen fühlte. Und dazu irgendwer in den verwahrlosten Straßen hinter dem Dom, wo sie das Abwasser aus dem Fenster schütteten und abends auch noch Schlimmeres. Zwischen all dem war Nunzia erschienen: *schrecklich wie ein zur Schlacht angetretenes Heer*, und sah aus wie eine unnahbare Göttin.

Einige Tage später träumte ich von dem, was mir an jenen Nachmittagen widerfahren war. Ich träumte von der Tür, die sich gerade so weit öffnete, wie nötig war, um Nunzias Körper zu zeigen. Ich träumte von dem fliegenden Hemdchen. Ich lief ihm durch den Garten nach bis hinaus auf die Straße, und niemand war da, bis zum Meer, dort verirrte ich mich, weil das Hemdchen sich in ein Segel verwandelte und sich mit den hinausfahrenden Booten vermischte. Ich träumte auch von Nunzias Kette. Daß sie zerrissen war und die Perlen alle verlorengingen. Dann war da mein Vater, der mit Ninetta kam, wir waren alle im Palazzo, und es herrschte eine sonderbare Stille. Bis die Töne einer Ziehharmonika zu uns drangen, es klang wie eine Tarantella, nur langsamer. Ich trat auf den kleinen Balkon hinaus, und dort saß auf einem Schemel Vito mit seiner Ziehharmonika, die wie eine Raupe aussah.

Als Kind, wenn ich bei Onkel und Tante zu Besuch war, hatte ich Angst vor Vito, dem Bettler, von dem niemand wußte, wie alt er war. Man sagte, er sei fünfzig Jahre alt, und alle nannten ihn Vito, doch wer weiß, wie er richtig hieß. Er war ein Zigeuner, und meine

Mutter sagte, sein Gesicht habe Ähnlichkeit mit den Figuren des Krippenspiels. Vito spielte bei Hochzeiten Tarantella. Dann passierte die Geschichte mit Ninetta, als Ninetta etwa Nunzias Alter hatte und wir in Paternò bei meinen Cousins waren. Man feierte das Fest der Madonna del Carmine, und Ninetta war auf einem Platz hinter der Jesuskirche, wo es eine Schaukel gab. Ninetta flog auf der Schaukel durch die Luft. Da kam Vito mit seiner Harmonika über der Schulter vorbei. Er hatte musiziert und sich ein bißchen Geld verdient. Meine Schwester kam zu uns gerannt, weil Vito sich angeboten hatte, ihre Schaukel anzuschubsen, und dann sofort anfing, sie anzufassen. Aber als mein Vater hinter der Kirche erschien, war von Vito keine Spur mehr.

Ich sah Ninetta an und dachte an das Getümmel, an die Gefahr, in der sie mit Vito gewesen war. Von da an erschien er mir noch finsterer und mißgestalteter, als er in Wirklichkeit war. Man sah ihn nie wieder. Er machte sich mit einem gestohlenen Pferd aus dem Staub, dem schönsten weit und breit. Vito verstand es, sich ein Pferd auszusuchen. Ich träumte von seiner Ziehharmonika, und von Nunzia, die auf der Schaukel hin und her schwang. Und wenn sie zum Himmel hinaufschwebte, spreizte sie die Beine und warf den Kopf nach hinten. Und Vito spielte, und je länger er spielte, desto mehr verzerrte sich sein Gesicht zu einer erhitzten Grimasse, und Nunzia schaukelte immer höher, bis sie sich fast überschlug, und die Musik war laut.

Wie lange dauerte Nunzias Spaziergang durch die

Stadt? Niemand konnte es sagen, weil es schien, als habe sie die Zeit angehalten, und weil ihr Schritt langsam und leicht war und Schweigen herrschte. Bis auf das Knarren eines Fensterladens, der sich öffnete, und diese alte Frau, die sich hinauslehnen wollte und ihn sogleich wieder schloß. Ich ging durch das Gartentor hinaus, als die Stadt menschenleer war. Als ich am Tripoli vorbeikam, war dort niemand mehr. Nur ein kleiner Herr, der an der Wand lehnte und fragte: »Professore, darf ich Sie einladen?«, auf sein Glas zeigte und dem Typ an der Bar winkte. Ich lehnte dankend ab und stoppte den Barkeeper, der bereits nach der Flasche gegriffen hatte, mit einem Zeichen. »Professore, vielleicht etwas anderes? Eine Eislimonade, einen Kaffee, einen Chinalikör?« Der kleine Herr sah mich aufmerksam an, als wüßte er bereits, daß ich nicht annehmen würde. Das genügte, damit herumerzählt werden konnte, ich habe mich an jenem Abend wie ein Dieb davongestohlen und es sei unmöglich gewesen, mir auch nur ein einziges Glas anzubieten.

Damals waren die Gemüter fast bis zum äußersten erregt: Totò kam schon früh am Morgen und bemühte sich, immer später zu gehen. Auch die Hausmädchen waren unentwegt in Bewegung, als fänden sie einfach keine Möglichkeit, ihren Argwohn zu entkräften. Sogar Maria Rosaria, die das Haus seit Jahren führte (nur nach Deutschland hatte sie nicht gehen wollen), schien jeden gesunden Menschenverstand verloren zu haben.

Als ich am nächsten Tag klingelte, war sie es, die mir öffnete. Ich fragte nach Nunzia. Ich bekam keine

Antwort. Sie lief eilig in die Küche zurück, und das nicht so sehr, weil sie unhöflich sein wollte, sondern weil solche Dinge in ihrer Welt noch nie geschehen waren. Lucia mochte zwanzig Jahre alt sein, und wie hielt sie es wohl aus, tagtäglich in ein Haus zu kommen, in dem solche Dinge passierten? Aber Lucia konnte schließlich auch nicht zu Hause bleiben, in Anbetracht der Tatsache, daß die Tante jetzt, da Assunta nicht mehr kam, keine andere für die Spritzen haben wollte. Deshalb fragte Maria Rosaria bei Francesca an, wie sie sich verhalten solle.

Francesca tat so, als wisse und verstehe sie von all dem überhaupt nichts. Und das verwunderte alle, Maria Rosaria an erster Stelle, denn sie war daran gewöhnt, von Francesca klare Antworten zu erhalten. Aber auch mich, der Francesca seit Tagen suchte und keine Gelegenheit fand, mit ihr zu sprechen. Sie ging mir absichtlich aus dem Weg und tat so, als sei nichts Besonderes. Davon konnte aber keine Rede sein. Nur Totò kam vorsichtig auf mich zu: »Wissen Sie, in der Stadt wird über Sie geredet. Aber das geht vorbei, auch wenn hier niemand je etwas vergißt.«

Alle erlebten das Wunder um Nunzia mit mir, die nun die Frau dieser Stadt geworden war, mit dieser Art, sich zu bewegen, zu gehen und sich allen zu zeigen. Es brauchte viel Zeit, bis diese Geschichte in Vergessenheit geriet. Auch deshalb, weil viele in bezug auf Nunzia ihre eigenen Pläne gehabt hatten. Allen voran dieser Onkel aus Palermo, der sie einem seiner Cousins – damals erst ganze zweiundvierzig Jahre alt – hatte geben wollen. Aber das war vorher, als Nunzia nur ein Name im Einwohnerverzeichnis gewesen war. Dann war dieser Körper, den sie da spazierentrug, etwas anderes geworden. Noch ein Jahr weiter, und alle Männer der Stadt hätten jede Zurückhaltung verloren, und jede Geduld, so daß Don Gaetano sich schon bei der bloßen Erwähnung ihres Namens gleich zweimal bekreuzigt hätte.

Wie wäre Nunzia ein Jahr später wohl geworden? Hätte sie immer noch dieses vollkommene Alter gehabt, von dem der Cavaliere sprach? Und was war das vollkommene Alter? Vollkommen wofür? Für die Liebe? Was für eine Bewertung war das?

»Sie sieht aus wie eine, die das vollkommene Alter hat«, hatte der Cavaliere im Tripoli gesagt. Dann hatte er allen erklärt: »Das ist, wenn die Zeit vergißt, ihren Tribut zu fordern. Die Natur, die Nunzia all diese Schönheit gegeben hat, nutzt das aus, sie bricht auf und tritt offen zutage, weil sie sich unbesiegbar fühlt. Verstehen Sie? Das ist es, was aus diesem Mädchen geworden ist: die Frucht der Feuer des Lebens, die in diesem Alter schrecklich sind.«

Jemand sagte: »Dann sollten sie, mit Verlaub, sofort verheiratet werden, das ist ja wohl das einzige Heilmittel.«

»Vielleicht. Die Ehe rückt die Exzesse der Natur wieder zurecht. Und sie verändert die Menschen. Sie ordnet die Dinge, wie es sich gehört«, antwortete der Cavaliere im Tripoli, wobei er die Kleinigkeit überging, daß er selbst nie geheiratet hatte.

»Dann soll also das Alter, das Sie als vollkommen bezeichnen, so schnell wie möglich vergehen?« erkundigte sich neugierig Giovannino Imparato, einer mit einer schönen Karriere im Schatzministerium.

Der Cavaliere wehrte ungeduldig ab: »Das vollkommene Alter bei einer Frau ist wie eine Krankheit. Ein Fieber, das geheilt werden muß. Und das Mädchen, die Nunzia, hatte dieses Fieber neulich nachmittag im Leib. Haben Sie gesehen, welche Spannung in ihrem Rücken war? Und in ihren Hüften? Darauf sollten Sie achten! Sie schien eine Welle zu beschreiben, die sich in der Luft verlor, eine Sinuskurve. Bedenken Sie, eine Frau, die einen Monat vorher noch keine Frau war! Bedenken Sie, daß sie ein Feuer in sich hat, das aus den Augen blitzt und im Körper hinunter bis zu den Fußgelenken brennt.«

Eine Sinuskurve also. Die Sinuskurve hatte sich bei allen eingeprägt. Was das sein sollte, wußte nicht einmal der Kollege für Mathematik. Doch bei ihm war diese Geschichte mit der Sinuskurve angelangt. Sie hatten ihn gefragt, was eine Sinuskurve sei und inwiefern sie mit den Hüften zusammenhing. Sie begriffen, daß sie sicherlich irgend etwas mit Sünde zu tun hatte. Wie bewegten sich diese Hüften wirklich? Mit einer kreisenden, geschmeidigen, weichen Bewegung, die dich auslöschte. Ich konnte verstehen, warum diese Kette so ins Auge stach. Weil sie sich um ihren Hals legte wie ein Siegeskranz. Und sie wirkte leicht, als hätte sie eine eigene Anmut, eine Zartheit, die sie davon abhielt, schwer auf diesem Wunder zu lasten. Wenn da nicht dieser Knoten gewesen wäre, dieser Perlenklumpen genau vorn in der Mitte, der eine Welt auftat, in der für Unschuld kein Platz war! »Eine offene Rechnung«, hatte Giovannino Bonsignore, der Gebildetste von allen, gesagt. Und es gab keinen Grund, ihm zu widersprechen. Nicht einmal die kleinen Jungen, die vor nichts Weiblichem Respekt hatten und immer versuchten, auf der Straße die Mädchen anzufassen (so hatte man es ihnen beigebracht), hatten es gewagt, sich Nunzia zu nähern. Und die Männer, diese Männer, die einverständlich lächelten und wußten, daß sie die Herren über alles waren, zeigten mehr als Respekt. Da war kein Mann, der fähig war, diesem Zusammenspiel der Natur zu widerstehen, die einen vollkommenen Körper mit der Zurschaustellung dieses Körpers verbunden hatte.

Ich bin die Mauer einer Festung,
und meine Brüste erheben sich wie Türme.
Da bin ich geworden in seinen Augen wie
»eine, die das vollkommene Alter hat«.

Was konnte denn mein Vater verstehen, der nach S. kam, um mich zu fragen, was ich für mein Leben beschlossen hatte? Er, der glaubte, es gäbe eine heilige und eine profane Liebe. Die erste hatte er mit Ergebenheit gelebt, die zweite aber mit Verachtung. So hatte er alles verloren.

Ebensowenig konnte mein Schwager Alfredo verstehen, der ihn begleitete, ohne zu begreifen, warum denn ein Mann mit meinem Talent sich an ein junges Mädchen verlieren konnte, da doch junge Mädchen so schnell lästig werden und man sie auf lange Sicht alle satt bekommt, die jungen wie die alten. Er allerdings hatte auch ein junges Mädchen geheiratet und ihr drei Töchter gemacht, ohne es wohl auch nur zu merken. Denn Ninetta sagte über Alfredo, er habe sie in all den Jahren nicht ein einziges Mal glücklich gemacht.

Als sie zu mir kamen, seit jenem Nachmittag waren noch keine drei Monate vergangen, war ich daher nachsichtig, wußte ich doch, wie ungerecht das Schicksal zu ihnen beiden gewesen war. Zu meinem Vater, der meine Mutter fast von Anfang an ignoriert hatte. Und zu meinem Schwager, der so tat, als bemerke er nicht, daß Ninetta unglücklich war, auch deshalb, weil sie ein Nomadenleben führten – zwei Jahre hier, drei Jahre dort – und mit den Städten auch die Freundschaften und die Klatschgeschichten wechselten.

Konnten sie Nunzia verstehen? Eine, die das vollkommene Alter hat?

9

Ich hörte, daß sie in der Stadt diesen Mann gesehen hatten. Es war kurz nachdem mein Vater zurückgefahren war.

Papa verließ meine Wohnung und stieg in Alfredos Lancia Aurelia, ohne auch nur den Hut abzunehmen. Er sagte, er werde alles tun, damit ich schnell wieder unterrichten könne, und er werde mit einem Freund darüber sprechen, einem republikanischen Senator, den er seit kurzem kannte und der sehr einflußreich beim Staatssekretär für Bildungswesen war. Aber das sei natürlich nur möglich, wenn man Nunzia in die C-Klasse versetzte, die zudem auf der anderen Seite der Schule lag, wo man durch das Tor zur Via Principessa Isabella kam und ging. Das war natürlich nur theoretisch, denn bisher hatte mich noch niemand suspendiert.

Ich war von Spagnuolo, dem Schulrat, ersucht worden, mich eine Weile zu erholen, für einige Monate, denn eine Aushilfslehrerin stand zur Verfügung, und so würde mit der Zeit alles wieder ins Lot kommen. Und falls man es wirklich beim Namen nennen mußte, wäre es schon besser, wenn ich meine Krankheit irgendwo anders auskurieren könnte, vielleicht in den Thermen von Castroreale, wegen der unangenehmen Sinusitis, die immer mit den warmen Jahreszeiten kommt, wenn man es am wenigsten erwartet, und eben nicht nur im Winter.

Spagnuolo erwähnte Nunzia nicht ein einziges Mal, redete aber, wie man es unter Männern tut. Nur daß sich die Anspielungen alle auf Francesca bezogen, die inzwischen keinen verruchten Namen mehr hatte, sondern »dieses Mädchen« geworden war, »das, wie man sich erzählt, schon damals Ihre Sympathie genoß, als der arme Vater noch lebte«. Ein, wie er es nannte, »modernes« Mädchen, »aber wissen Sie, wenn es schon einmal vorkommt, daß Frauen klug sind, sind sie klüger als die Männer und müssen im Zaum gehalten werden. Wer weiß, wozu sie imstande sind«!

Spagnuolo gab mir die Adresse einer Pension, wo ich Inhalationen machen konnte und – warum nicht – auch »die Leber kurieren, was nie schaden kann«. Aber der Zettel landete unbeachtet in meiner Jackentasche.

Am selben Tag geschahen kurz darauf zwei Dinge, die man nicht als zufällig bezeichnen konnte. Das Schulamt lag an der Piazza della Marina. Es war ein windiger Morgen. Ich schlug den Weg zum Café Vittorio ein, kaufte mir eine Zeitung und setzte mich an einen der Tische. Hier war es nicht wie im Tripoli, man wurde von niemandem mit einer Einladung an dessen Tisch gestört. An jenem Tag waren ein paar junge Leute mit einer Lambretta da und unterhielten sich an dem Tisch in der Ecke mit Blick auf die Via delle Giravolte. Ich hatte den Eindruck, daß einer der Jungen auf mich wies, als meine Aufmerksamkeit auf zwei alte Herren gelenkt wurde.

Das Café Vittorio lag an einem kleinen Vorplatz,

von dem wie die Zacken eines Sterns drei Straßen abgingen. Die beiden Alten standen mitten auf dem Platz und waren nahe genug, daß ich ihre Stimmen hören konnte. Sie sprachen über Ländereien, die gekauft werden sollten, und über Tiere. Da hörte ich, wie einer der beiden abrupt das Thema wechselte und den anderen mit einer Frage unterbrach:

»Ist das da nicht der Deutsche?«

Der andere sagte nichts und schaute zu der Ecke, von der aus die Straße zur Porta Napoli führte. Ich sah auch dorthin, und plötzlich wurde es still. Auch die Mädchen und Jungen verstummten, und alle schauten in dieselbe Richtung. Dort ging ein Mann mit großen Schritten fort, obgleich er müde wirkte. Er trug eine Schirmmütze und einen Anzug, den ich nicht genau sah, der aber etwas Fremdes hatte. Er schaute vor sich hin, ohne von irgend etwas Notiz zu nehmen, und hätte fast eine Frau umgerannt, die an einer Kreuzung auftauchte. Im Handumdrehen, viel schneller, als ich es erzählen kann, war von dem Deutschen keine Spur mehr zu sehen. Aber er hatte den Weg zu Francescas und Nunzias Palazzo eingeschlagen. Ich stand auf und bog in die Straße ein, in der der Mann verschwunden war, dann ging ich durch die Via di Santa Croce und auch durch die Gasse, die zum Haus der Mädchen führte. Aber er blieb verschwunden.

Erst da fiel mir eine Begebenheit aus meiner Zeit in Tübingen wieder ein, die ich schon völlig vergessen hatte. Mir wurde klar, daß ich dieses Gesicht kannte. Ich begann zu rekapitulieren: Ohne Zweifel war ich damals in dieser Kneipe gewesen, die auf dem Weg zum Bahnhof gleich hinter der Brücke am Fluß liegt. Ich ging oft dorthin und brachte Stunden dort zu. An jenem Abend bestellte ich ein Bier und blieb am Tresen sitzen. Neben mir saß ein Mann, der einem Abenteuerroman zu entstammen schien. Bevor ich sein Gesicht sah, fielen mir seine Hände auf, die einen Literkrug umfaßten. Sie waren markant, kräftig, mit leicht schmutzigen Fingernägeln. Sie hatten etwas Edles wie die Hände eines Geigenspielers, aber nach dem zu urteilen, wie verschlissen sie waren, schienen sie mir zu praktischer Arbeit verdammt zu sein.

Dieser Mann machte den Eindruck eines Exzentrikers auf mich. Er trug eine schwere, dunkle Jacke mit hochgeschlagenem Kragen, der seine Wangen verdeckte, und eine Seemannsmütze, die sein restliches Gesicht verbarg. Er war groß, viel größer als ich, und sah kräftig aus. Er drehte sich um und sah mich wortlos an. Er trank den ersten Krug aus und bestellte sofort einen neuen. Dieser beharrliche Blick schüchterte mich ein, und ich zog ein Buch aus meiner Jackentasche.

Er bemerkte, daß das Buch nicht auf Deutsch war, und fragte mich, woher ich komme. Ich antwortete, ich sei Italiener und unterrichte meine Muttersprache an der Universität. Er sah mich immer noch an und trank weiter. Ich wandte mich meinem Buch zu, aber es gelang mir nicht, mich zu konzentrieren. Diese Augen starrten mich allzu durchdringend an. Ich klappte die Gedichtsammlung, die ich zu lesen versucht hatte, wieder zu und steckte sie zurück in die Tasche.

»Störe ich Sie?« fragte er auf italienisch.

»Nein, aber Sie sprechen ja meine Sprache!« erwiderte ich überrascht.

»Ich bin viel gereist.«

»Auch nach Italien?«

»Ja, so ziemlich überallhin.«

Er bestellte einen neuen Krug, sah den Kneipenwirt an und sagte: »Gib diesem jungen Mann hier auch noch einen.«

Meine Neugier war groß. Wer war dieser sonderbare Kerl, den ich vorher nie auf Tübingens Straßen gesehen hatte? Ich wollte ihn fragen, aber er kam mir zuvor. »Wollen Sie wissen, was ich mache? Ich bin Architekt. Und ich reise durch die Welt.« Dann, als spräche er zu sich selbst: »Ich bin nicht so einer, der Paläste oder Museen baut. Ich bin Architekt, das stimmt schon. Aber von Labyrinthen. Ein Gärtner. Ich arbeite für reiche Leute, damit sie in den Plänen, die ich mir für sie ausdenke, den Verstand verlieren können. Ich bin wie Dädalus.«

Ich hielt ihn für verrückt, und natürlich hatte ich gesehen, daß er viel trank. Genauso unvermittelt, wie er mich angesprochen hatte, beschloß er auch, sich zu verabschieden. Er sagte etwas in einer nie gehörten Sprache, und wie nach einer plötzlichen Erleuchtung ging er uneins mit sich selbst fort. Nie hatte ich diese Gestalt, die ich für einen schrulligen Betrunkenen gehalten hatte, mit Hans Christian Neumark in Verbindung gebracht, über den ich viel zu wissen glaubte. Doch wie es häufig geschieht, genügte schon diese Erscheinung, um mich an die Begegnung zu erinnern: das Profil der Nase, die senkrecht nach unten verlief, als habe ein Kind sie gemalt, die alten, dunklen Kleider und dazu dieser Gang, derselbe, den ich an ihm beobachtet hatte, als er die Kneipe verließ.

Neumark war kein vertrauenerweckender Mann, und er war gewiß nicht der Typ, der dich als erster anspricht. Niemand im Haus wußte viel von ihm. Aus was für einer Familie er kam, was er studiert hatte, und vor allem wie er die Kunst, einen Garten zu entwerfen, erlernt hatte. Er hatte keine Referenzen, und Maria Rosaria sagte, Neumark sei der Leibhaftige, und der Leibhaftige komme aus dem Nichts.

Von Maria Rosarias Ängsten, die so zahlreich wie ihre Tugenden waren, einmal abgesehen, wußte der Professor allerdings doch so einiges über Neumark. Er war in Tübingen bekannt, aber auch in Heidelberg, und sein Vater war Schiffskapitän gewesen, und er war zu den Pazifikinseln gefahren. Man erzählte sich, Neumark habe auf diesen Inseln gelernt, wie schwer es sei, die Natur zu beherrschen. Gerade deshalb habe er Gartenarchitekt werden wollen, um die Illusion zu haben, jene Kräfte, die an manchen Orten unkontrollierbar erscheinen, zügeln zu können. Das hatte Neumark einmal Francesca erzählt.

»Hast du Totò gesehen?« fragte Francesca wenige Tage nach meiner Ankunft in S. »Er scheint wie verhext zu sein. Früher war er nicht so, er war fröhlich. Er machte sogar Witze. Als dieser Mann kam, hat Totò sich verändert. Noch heute spricht er wenig, und er möchte gern in dem Garten sterben. Er scheint darauf zu warten. Und nicht nur wegen dieser Geschichten, die zwischen ihnen vorgefallen sind.«

Nun wußte ich, daß ich Neumark gekannt hatte. Ich konnte Maria Rosarias Worte besser verstehen, und auch Nunzias Schweigen. Und Totò, der sich stumm an alle Einzelheiten dieses Projekts hielt. Und Donna Franca, die krank und fiebrig wartete, daß sich das Wunder dieses Gartens vollendete, ungeduldig und in den letzten Monaten außer sich, weil die Schiffe nicht rechtzeitig am Horizont erschienen. Und Francesca, die auf der Flucht nach Frankreich war, um Hypnose zu studieren. Auf der Flucht vor dieser Stadt aus alten Advokaten und neuen Berufen, und mit diesen Schornsteinen, die wie neue Kirchtürme aussahen.

Sogar einige Minister waren gekommen, um zu verkünden, daß sich in diesem Landstrich das Wunder der Industrialisierung Süditaliens vollzog. Damals hatte man den Cavaliere in den Rasiom-Raffinerien zusammen mit Giulio Pastore gesehen, der bei Fanfani Vizepräsident der Cassa per il Mezzogiorno war. Und die Artikel der »Indipendenza« äußerten sich begeistert über das, was weiter nördlich geschah, wo die Vergangenheit und die Zukunft waren. Es hieß auch, man habe da unten, unter den Raffinerien, ein Heiligtum aus Megara Hyblaia gefunden. Aber es blieb auch unten. Und Cavalier Corpaci konnte seine Partien im Tripoli mit mehr Gelassenheit spielen, seine Zeitung erfreute sich bester Gesundheit, auch wenn die Zahl der verkauften Exemplare nicht gerade hoch war. Der Cavaliere hatte den richtigen Weg gefunden, da er die Politik der Regierung und vor allem derjenigen unterstützte, die in der Stadt starke Interessen hatten.

Obgleich die Stadt ihr Gesicht veränderte und allmählich Arbeit kam, hatte der Cavaliere seine Gewohnheit nicht aufgegeben, mit Leuten Karten zu spielen, die ihre Ländereien gut festgehalten hatten und allein von den Erträgen ihrer Obstplantagen in Wohlstand leben konnten. Auch wenn sie sich beklagten, daß Rumor, der im Landwirtschaftsministerium war, nur an seinen Norden dachte und zu den Grundbesitzern im Süden überhaupt nicht kam.

In dieser Stadt, die sich einerseits, wenn auch argwöhnisch, mit der Industrie befaßte und andererseits eine seit jeher starre Welt war, schien es in jedem Gespräch zuallererst um Sex zu gehen, namentlich, wenn er nicht erwähnt wurde. Eine angedeutete, zugeblinzelte Obsession, die nie bis zur letzten Konsequenz ausgesprochen wurde.

Die Kirche richtete über alles und gab dem Gerede, das allerorten geführt wurde, einen stumpfen Beigeschmack. Natürlich ging es um Francesca und Nunzia, aber vor allem um diesen Perversen Neumark: Zweifellos ein Geisteskranker, der diesen armen Kerl von Totò verdorben hatte, dabei hatte der doch eine Verlobte, und als Totò sie nicht mehr sehen wollte, ging sie vor Scham nicht mehr aus dem Haus. »Aber wofür muß Angelina sich denn schämen? Was, frage ich euch, konnte sie denn wissen?« wiederholte die Mutter des Mädchens immer wieder.

Tja, was konnte die arme Angelina wissen, die vor

Kummer spindeldürr geworden war. Sie, die doch ans Heiraten gedacht hatte! Und ihr Vater hatte sich für Totò geradezu ein Bein ausgerissen. Er war zu einem Politiker gegangen, da am Bahnhofsplatz, um für ihn um eine Stelle in der Petrolchemie zu bitten, weil es »da im Winter nicht hagelt«. Aber von diesem Gefallen hat Totò nicht einmal etwas gewußt. Man konnte ihn sich vorstellen: Angelinas Vater! Mit dem Hut in der Hand, wie er dasaß und wartete. Bei diesem Mädchen, der Sekretärin des Senators, die so einen kurzen Rock trug. Und er fragte sich, ob es recht sei, daß er in diesem Zimmer saß, allein mit einem Mädchen, das ihm ihre Beine hoch bis übers Knie zeigte. Vergebliche Fragen: Totò brauchte nicht lange, um als Geisel bei Familie Pirandello zu enden.

Und wenn man bedenkt, daß an jenem Tag bei mir zu Hause mein Schwager Alfredo, der wie ein Schutzengel neben meinem Vater saß, fortwährend fragte, ob »diese Pirandellos aus derselben Familie stammten wie der Schriftsteller«!

»Nein«, sagte mein Vater, der noch nicht wußte, was er meiner Mutter über diesen ganzen Skandal erzählen sollte, »sie sind Industrielle«.

Darauf Alfredo beeindruckt: »Die mit dem Erdgas?«

»Sie sind keine Industriellen«, widersprach ich. »Sie leben von ihren Ländereien.«

»Mir hat man es anders erzählt«, antwortete mein Vater.

Dann platzte er los: »Heute machen hier alle Geld mit der Industrie! Mir haben sie angeboten, ins Zementgeschäft einzusteigen. Sie machen das in der

Nähe von Augusta. Aber nicht mit mir, deine Mutter war auch dagegen.«

So ging der Tag zu Ende, mit meinem Vater, der geistesabwesend überlegte, ob er dieses Geld nun in neue Geschäfte stecken sollte oder ob er es lieber dort lassen sollte, wo es war: »Ich müßte ja die Zitrusplantage verkaufen, weil ich sonst gar nicht auf diese Summe käme. Was meinst du denn?« fragte er mich, während er sich mit einer Hand auf meiner Schulter der Tür zuwandte. »Meinst du, ich sollte die Zitrusplantage in Acquarossa verkaufen? Nein, nicht wahr? Siehst du, das habe ich auch gesagt! Aber du müßtest deine Schwester hören! Sie sagt, daß deine Mutter nicht in der Lage sei, mir Ratschläge zu geben. Daß ich mein Geld in solche Sachen da stecken sollte! Und daß die Plantage im letzten Jahr vom Brand befallen war. Das wußtest du doch, oder? Und daß sie nicht mehr so gut war wie früher ...« Und dann, als sei er noch einmal aufgewacht: »Aber was wird denn jetzt mit diesem Mädchen? Mußt du sie heiraten?«

Ich hätte sie geheiratet, und nicht, um etwas wiedergutzumachen, das ich meines Erachtens nicht getan hatte. Sondern einfach, weil ich sie liebte, oder zumindest glaubte, daß es das sei, und vor allem weil ich merkte, daß ich ohne sie nicht leben konnte. Doch Ninetta wies mich darauf hin, daß ich ebenso erklärt hatte, Francesca zu lieben, und daß schon ein Telegramm genügt hatte, um mich, zwei Wochen nachdem ich behauptet hatte, mit Sicherheit nie wieder hier leben zu wollen, schleunigst nach Sizilien zurückzuholen. Aber diesmal sei das etwas anderes, antwortete ich. Außerdem habe Francesca sich verändert, sie sei nicht mehr die Frau, die ich in Tübingen kennengelernt hatte.

Francesca hatte sich die Vergangenheit dieses Hauses zurückgeholt, ihre Welt. Sie hatte es unvermittelt und mit Bestimmtheit getan. Und je mehr Zeit verging, um so mehr gehörte ihr der Palazzo. Sie begann sogar, mehrmals in der Woche die alte Tante zu besuchen.

Auch über Neumark hatte sich ein immer dichteres Schweigen gelegt. Seit dem Tag, da er wie ein Blitz erschienen war, der über den Platz jagte. Und ich aufgestanden war, um ihm nachzulaufen. Und ohne ihn zu finden, war ich am Palazzo angekommen, fest davon überzeugt, daß er hierher zurückgekehrt war. Francesca öffnete mir die Tür. Mit einem Gesichtsausdruck, den ich nie zuvor an ihr gesehen hatte. Ich fragte nach Totò. Ich fragte, ob am Tor ein Mann aufgetaucht sei, den jemand auf dem Vorplatz als den Deutschen bezeichnet hatte.

Francescas Blick war streng geworden. Inzwischen war Totò, durch meine Stimme angelockt, am Laubengang erschienen. Ich begriff, daß eine Mauer uns trennte und nur Nunzia mich aufklären konnte, falls sie es gewollt hätte. Doch nach Nunzia fragte ich nicht, und Francesca lud mich, wenn auch ohne Überschwang, zum Kaffee ein, den Maria Rosaria soeben servierte.

Ein paar Tage später erzählte mir Francesca, in einem Brief von Professor Hieber aus München, der ein Freund ihres Vaters gewesen war und Neumark mit

Donna Franca bekannt gemacht hatte, habe gestanden, daß der Gärtner vor einigen Monaten bei einem Schiffbruch ums Leben gekommen sei.

Aber Francesca log.

10

Neumark löste sich in nichts auf, er verschwand in den Straßen, ohne daß sich irgend jemand darum kümmerte. Neumark war mehrfach zurückgekehrt, um sich nach seiner Abreise heimlich den Garten anzuschauen. Totò war der Wächter, Neumark der Schöpfer. Als er noch in der Stadt weilte, hatte niemand je daran gedacht, auf den Deutschen zuzugehen oder ihn gar anzusprechen. Er war ein Mann, der nicht einmal ins Bewußtsein von Leuten wie dem Cavaliere oder den Jugendlichen im Café Vittorio drang. Neumark war ein Professor für sie, ein Professor für Pflanzenkunde, der es vielleicht mit Männern hatte. Aber damit genug, er war Deutscher und wer weiß, was noch alles, und mit der Stadt hatte er wenig zu schaffen. Pech für diesen Totò, der eigentlich ein netter Kerl war. Aber wie sagten Pippo Parlato und Salvatore Cultrera so oft: »Zuerst sieht man den Makel nicht, auch wenn er da ist. Aber später kommt er doch heraus.« Und Totò war es nicht gelungen, seinen Makel zu verbergen. Obwohl die Sache skandalös war und man hinter vorgehaltener Hand darüber sprach, interessierten sich aber letztlich nur die Männer dafür. Die Frauen schienen sich mehr auf die beiden Mädchen zu konzentrieren: Denen war nun wirklich alles zuzutrauen! Auch weil der Palazzo nur ein paar Schritte von den Tischen des Tripoli entfernt stand. Und was gehörte schon dazu, nach einer Partie Briscola kurz einen Sprung dort hinüber zu machen?

Nach Nunzias Spaziergang stand außer Zweifel, daß sich allmählich viele in der Stadt Sorgen machten wegen der unmoralischen Situation, die wie eine Insel des Lasters ausgerechnet im Zentrum eines frommen und christlichen Ortes herrschte. Manch einer sagte – und allen voran Amelia Scalia, die Frau des Advokaten –, es sei undenkbar, daß nur wenige Schritte von den Kirchen San Martino und Santa Lucia entfernt, und vor allem vom Kloster San Francesco, so unanständige Dinge geschahen, und man könne im Sommer zu gewissen Stunden, wenn die Hitze des frühen Nachmittags alles verstummen ließ, mit etwas Aufmerksamkeit sogar die Stimmen hören, die aus dem Palazzo drangen!

Amelia Scalia mochte sich getrost ihre Sorgen machen, war doch ihr Bruder ausgerechnet in San Martino Pfarrer gewesen. Und ihr jüngster Neffe Marcello war Meßdiener im Dom. Daß sich aber die Damen der Stadt – und keineswegs nur die frömmelnden Angehörigen von Bischöfen, Priestern und Abgeordneten – nicht nur für Francesca, sondern auch für Nunzia interessierten, war das Allerneueste. Denn Nunzia war vor ihrem Spaziergang lediglich die kleine Schwester gewesen. Und danach eine fixe Idee für ein gut Teil der männlichen Einwohnerschaft der Stadt. Weshalb Francesca zwar schön, blond und gefährlich wie der Biß einer Tarantel war, aber Nunzia für etwas ganz anderes geschaffen schien.

So änderten sich die Dinge, und vor allem änderten

sie sich für mich, denn ich wurde auf das empörte Betreiben der Lehrerin Sciuti, die Kunstgeschichte unterrichtete, von der Schule entfernt (»eine kleine Vorsichtsmaßnahme, Professore«, wie der Direktor mir erklärte). Und natürlich nicht wegen Sarullo, der sich nach dem vorsichtigen Gespräch im Lehrerzimmer gehütet hatte, noch einmal mit mir zu reden. Nicht daß ich noch etwas von dieser Geschichte mit der Zigeunerin erfahren hätte! Nein, es lag natürlich an der Sciuti, einer Frau von einnehmendem Wesen, »bei der alles im reinen war«, wie es an der Schule hieß.

Die Sciuti war es, die als erste mit dem Direktor über diese »Angelegenheit« sprach, »von der alle in der Stadt wissen«. Und über »diese Nunzia, die ohnehin schon schwer vom Schicksal geschlagen ist, und dazu diese gewisse Verkommenheit in der Familie, über die wir eines Tages bestimmt noch einiges erfahren werden! Und man hat mir auch von diesen Worten erzählt, die im Unterricht vorgelesen wurden, von diesen Versen, die derart anstößig wiedergegeben wurden. Und, Herr Direktor, haben Sie nicht auch von diesem Spaziergang gehört?« fügte die Sciuti verschwörerisch hinzu, während es dem Direktor keinen Augenblick gelang, stillzusitzen. »Ich sage Ihnen, ich habe sie nicht gesehen, aber Rechtsanwalt Scalia, der für meinen Mann arbeitet, der hat sie gesehen! Er sagt, wenn sie nackt gegangen wäre, nackt sage ich, wäre es gewiß weniger peinlich gewesen!«

Der Direktor brummelte vor sich hin, doch die Sciuti war unbeirrbar. Einen Skandal hätte es gegeben, wenn die Mädchen noch Vater oder Mutter hätten! »Aber so, nein, besser man schweigt. Wenn man mit Don Gaetano oder mit Padre Alessandro sprechen könnte! Wenn sie in dieses Haus gehen könnten, meine ich. Vielleicht ist ja noch nicht alles verloren.« Und was den jungen Professore anging, diesen merkwürdigen jungen Mann: »Wenn Sie wüßten, wie oft er zu den Feiertagen eingeladen war! Und in Catania sagen sie, er ist sogar eine gute Partie. Sein Vater ist kein Unbekannter. Aber er? Von wegen! Wie ein Einsiedler! Nur in diesem Haus da ist er zu sehen. Oder auf ein Glas zusammen mit dem Krüppel. Dem aus der Druckerei. Finden Sie das etwa normal?«

Natürlich hatte ich Einladungen bekommen. Zu viele sogar, aber nach dieser Geschichte kamen keine mehr. Der Direktor jedenfalls tat, was er tun mußte. Und als die Lehrerin Sciuti mich in Höhe der Schneiderei traf, tat sie so, als sähe sie mich nicht. Der Skandal war also ausgebrochen, allerdings mit einigem Zögern. Sogar die Pinuccia, die sich vorher nie getraut hatte, mich anzusehen oder anzusprechen, blieb nun neben mir stehen, wenn ich die Schaufenster der Geschäfte betrachtete, und schien auf etwas zu warten.

Ich war schwaches Fleisch. Und zwar für alle. Für die Pinuccia, die sich bezahlen lassen wollte, und für die Damen, die sich nur zu gern über den Lauf der Welt aufregten. Wäre ich kein schwaches Fleisch, wäre ich gewiß nicht nach Sizilien zurückgekehrt, zu Francesca. Wäre ich kein schwaches Fleisch, wäre mir nicht Nina im Gedächtnis geblieben, die auf der Schaukel schwang, vor und zurück, bei dieser Ziehharmonikamusik, die mir im Ohr blieb und von der ich mich nicht befreien konnte. Ich hörte diese Musik und Nina, die lachte.

Dieses Lachen hatte auch Vito gehört, ich meine, Vito, der Zigeuner, der mir angst machte. Dann diese Hast meiner Mutter, die sie wegbrachte, um zu verbergen, was sie gesehen hatte. Und bei den Bellantoni, in Paternò, die ein Haus hinter dem Dom hatten, hatte sie sie umgezogen. Und niemand sprach mehr darüber, und auf eine Schaukel hat sich Ninetta nie wieder gesetzt. Vito verschwand. Ohne daß man wußte, wie. Und Ninetta hatte sich gewaschen, und die ganze Rückfahrt über hatte sie kein einziges Wort gesagt. Nicht einmal meine Mutter wollte etwas sagen. Mein Vater fragte, aber sie antwortete nicht. Sie sagte immer nur, sie würde mit ihrem Bruder, Onkel Anselmo, sprechen, der Vito kannte. Ninetta sah aus dem Autofenster und schien eine andere zu sein. Es hatte den Anschein, als habe sich der Himmel verdunkelt und als habe ihr das Leben die Jahre genommen, die sie von dem Groll trennten, den viele Frauen hier schon früh gegen die Männer hegen, die sie heiraten und die nichts taugen. So auch Alfredo, Ninettas Mann, so auch viele andere Ehemänner, die in Gedanken hinter Nunzia her waren, doch sie war noch nicht volljährig und damit basta. Aber sie ging vorüber, wie keine es je getan hatte.

Und Francesca schickte sich an, aus dem Garten zu machen, was sie wollte, und aus dem Palazzo einen Ort, der allen vorenthalten blieb. Auch Totò gehorchte ihr inzwischen wie ein Soldat. Sogar Maria Rosaria begann zu erkennen, daß die Talsohle durchschritten war, auch daran, wie Francesca ihre präzisen Befehle gab. Denn Francesca wollte nicht, daß die Wandverkleidungen von oben weggeschafft wurden, und hatte Alvaro, den ältesten Sohn des Tapezierers, geholt, damit alles wieder so wurde, wie es sich gehörte. Auch »dieser Garten« sollte wieder so werden, wie er einmal war. Und Totò konnte dem wenig entgegensetzen.

Außerdem stand Totò allein da. Auch Maria Rosaria liebte dieses Kunstwerk nicht. Und an dem Tag, als sie kamen, um die Hecke, die das Labyrinth bildete, auszureißen, war sie glücklich. Das Heckenlabyrinth hatte niemandem gefallen. Nur Nunzia war, als sie noch klein war, immer darin umherspaziert und den Irrwegen gefolgt, bis sie den Ausgang nicht mehr gefunden hatte. Das war ihr einziger Zeitvertreib gewesen. Donna Franca hatte gesagt, man dürfe sie nicht dorthin lassen, weil Labyrinthe Begierden weckten, die nicht gesund seien. Man erzählte sich, Neumark habe von seinem Fenster aus mit der Genugtuung eines Menschen, der ein Meisterwerk geschaffen hat, zugesehen, wie Nunzia durch die Heckengänge gelaufen war.

Im Mittelpunkt sollte der Baum stehen: der Granatapfelbaum, der als letztes kam. Ein Granatapfelbaum, eingerahmt von einem Muster aus zwei Meter hohen Buchsbaumhecken. Neumark sagte, das Muster dieser Hecken leite den Verstand in die Irre, je länger man es ansah, desto weniger konnte man sich des Wunsches erwehren, da hineinzugehen und immerfort weiterzuwandern, darauf hoffend, nie wieder hinauszufinden.

Heute gibt es das Labyrinth nicht mehr. Donna Franca ordnete auf dem Sterbebett an, daß es zerstört werden solle. Bevor dieser gigantische Granatapfelbaum kam, der mehr als zehn Meter hoch war und von dem es hieß, er habe ein biblisches Alter, ja mehr noch: er sei der älteste Granatapfelbaum der Welt, mit Wurzeln, die beinahe bis zum Meer reichten. Das Labyrinth wurde zerstört, und man ließ nur die Hecke stehen, die den Granatapfelbaum im Zentrum des Gartens umrahmen sollte. Totò hatte das so beschlossen, um dieses Muster nicht völlig auszulöschen. Aber Nunzia streifte nun nicht mehr auf diesen Heckenwegen umher, die einem wohlgeordneten Plan mit göttlichen Proportionen gefolgt waren.

So war das eben. Kaum vorstellbar, daß man sich im Tripoli sonderlich für die göttlichen Proportionen des Gartens interessierte. Dort hatte man andere Proportionen im Blick, die gleichfalls göttlich waren und schrecklich wie ein zur Schlacht angetretenes Heer.

»Ich darf nicht einmal an sie denken! Bei allem Respekt, Professore«, gestand der Drucker, »Sie haben leicht reden! Aber die anderen warten alle darauf, daß das Mädchen noch einmal vorbeikommt. Ein einziges Mal noch! Sie sagen, einmal noch genügt, dann können sie in Frieden sterben. Vor Ihnen, Professore, haben sie Hochachtung. Allen voran der Cavaliere, ich merke, daß er von Ihnen spricht wie von einem, der etwas zählt. Die Ehefrauen sind es, die erklären, so etwas gehöre sich nicht. Sie wissen ja, wie das ist, Sachen, die sie sich selbst ausdenken. Und dann sagen sie auch, Nunzia sei noch nicht volljährig. So reden sie eben.«

Nunzia war noch nicht volljährig, aber ihr Gang war der einer Prinzessin. Und das wußten auch die Ehefrauen. Daher genügte es nicht mehr, daß Nunzia noch ein junges Mädchen war, und auch nicht, daß ihre Schwester wie eine fremde Frau wirkte, zu der man Distanz halten mußte, denn, und hier hatte Lehrerin Sciuti die Stimme erhoben, so daß alles zu hören war: »Wer konnte mit der schon reden? Sie war wie ihr Vater, hochmütig! Denn, Herr Direktor, hochmütig war er mit Sicherheit, der Herr Professor Pirandello, auch er hatte gewisse Schwachstellen, wie alle anderen auch, angefangen bei diesem Pechvogel von Sohn, der jetzt Reifenflicker an der Strada del Belvedere ist. Wußten Sie das nicht?«

Wie hätte er es denn nicht wissen können? Wer wußte es nicht? Ein schönes Elend war das! Ein Hundeleben, hieß es. Und dann diese Arbeit mit den Autos, von denen immer mehr verkauft werden, denn, wie Antonino, der Drucker, sagte: »In Augusta wollen sie sogar Rohre verlegen, die bis nach Afrika reichen, unten im Meer, und das, weil wir kein Erdöl haben. Auch wenn der Cavaliere in seiner Zeitung schreibt, dieser Mattei habe uns versprochen, daß wir reich werden, aber darauf warten wir immer noch. Professore, stimmt es denn nicht, daß wir Erdöl haben? Daß es da unten liegt?«

Antonino hatte nicht mehr das Alter für eine

Stellung bei Esso oder bei Rasiom, wie die Firma damals noch von allen genannt wurde. Er hatte für nichts das richtige Alter. Und der Cavaliere schrieb Artikel, die ihm jemand nahegelegt zu haben schien. So hieß es zumindest in der Stadt, aber davon wußte Antonino nichts. Er hatte sein Leben da oben angehalten, an den Felswänden des Pasubio. Und nicht im Kampf, wohlbemerkt, sondern als sie die Straße bauten und ein Tunnel gegraben werden mußte. Mit diesen Felsvorsprüngen, wo man einen Stein hinunterwarf, den man nie ankommen hörte. Und aus Versehen ging drei Meter neben ihm, Antonino, die Mine hoch, und sein Arm landete dort unten, zum Glück landete nicht er dort auf den Felsen, anstelle des Arms. Aber eines bedauerte er, und »diese Geschichte, Professore, erzähle ich nicht gern, wissen Sie, sie haben mir die Medaille in Silber gegeben, weil man für diese Straße insgesamt zweiundfünfzig Tunnel gebaut hatte. Wenn ich ihn beim Bajonettangriff gegen den Österreicher verloren hätte, hätten sie mir die Medaille in Gold gegeben. Aber so ... Und dann erzählen sie, es sei nur meine Schuld gewesen, ich hätte nicht aufgepaßt. Das stimmt, aber wissen Sie, wie das ist, wenn die Müdigkeit einem die Beine wegknickt, als seien auch sie in die Luft gegangen?«

Die Geschichte des Druckers interessierte niemanden. Der wahre Krieg war der letzte, der mit den Amerikanern und den Faschisten. Was der Pasubio war, wußten sie gar nicht. Aber wie es in Kleinstädten so geschieht, gerät alles in Vergessenheit, und nur die Gemeinheiten bleiben. So hatte der arme Kerl einen

Arm eingebüßt, von dem er behauptete, er sei »im Krieg« geblieben, dabei war es beim Tunnelbau passiert. Aber eine Medaille hatten sie ihm gegeben. Und eine Rente.

Man stelle sich vor, wie es war, als viele begriffen, daß ausgerechnet er – der Krüppel – mehr wissen konnte als sie! Denn so mußte es sein. Was sonst machte denn Antonino mit dem jungen Professore bei einem Glas Magenbitter? Wenn also er nicht wußte, was in diesem Haus vor sich ging, wen sollte man dann noch fragen? Die aus dem Stadtklub vielleicht, wo man mich nie gesehen hatte, nicht einmal zu einer Billardpartie? Also wurde Antonino natürlich verhört, doch in dieser kurz angebundenen Art, wie man sie Leuten schuldig ist, die nichts zählen. Er aber wußte gar nicht, was er sagen sollte.

»Na, komm schon, Antonino, war er nicht zuerst bei dir? Damals, mit dem Inserat? Gerade erst angekommen, oder? Und was ist dann passiert? Ist er noch öfter gekommen?«

Darauf der Cavaliere, neidisch, weil Antonino so im Mittelpunkt der Aufmerksamkeit stand: »Ach ja, das Inserat, ich erinnere mich! Ich sah in die Zeitung und begann den Satz zu lesen. Ich verstand kein Wort, wissen Sie, ich verstand wirklich kein Wort!«

»Attilio, lassen Sie Antonino sprechen!« unterbrach ihn Giovannino Bonsignore. »Antonino, was meinst du? Warum hat er dieses Inserat aufgegeben? War das ihre Art, so ganz unter sich, meine ich, sich zu verständigen? Was hat er gesagt, hat er dir gleich von den beiden Mädchen erzählt?«

Antonino zuckte mit den Schultern und antwortete einsilbig und verschüchtert.

»Antonino, irgendwas mußt du doch wissen!«

Antonino tat recht daran, mit den Schultern zu zucken, denn er wußte kaum etwas. Weder er noch ich, denn mir war der Gedanke damals doch erst gekommen, als ich aus dem Zug gestiegen war und auf dem Bahnhof stand. Ich wußte noch nicht einmal, daß es überhaupt eine Zeitung gibt. Man verkaufte sie an einem Stand gleich am Bahnsteig, und der Ausrufer hatte zu mir gesagt: »Kaufen Sie eine, Signore, alle lesen sie!« Dadurch kam ich darauf, mich doch einmal anders bei Francesca anzukündigen. Ohne an einem Palazzo zu läuten, der mich im Grunde einschüchterte. Deutschland war in weiter Ferne, und Sizilien hatte Regeln, die ich gut kannte. Auch die Nachmittage, an denen ich zusammen mit Francesca das *Hohelied* gelesen hatte, waren in weiter Ferne. Deshalb beschloß ich, mich mit diesen beiden Versen anzukündigen, als ich in S. ankam.

Wehe durch meinen Garten,
daß der Duft seiner Gewürze ströme.

Aber war ich es, der das *Hohelied* ausgesucht hatte, wie eine Randnotiz meiner Leidenschaft für Francesca? Oder war es nicht vielmehr sie, die mir zum ersten Mal einige Verse auf Latein vorlas? »Tota pulchra es, amica mea, et macula non est in te.« Ich war der Meinung, ich hätte dieses Buch als erster aufgeschlagen. Dabei war es Francesca, die mir dieses Werk zeigte, an einem regnerischen Nachmittag, als der Neckar nicht einem Fluß, sondern einer großen Pfütze glich und die Platanen vor dem Haus nicht zu erkennen waren. Es war Francesca, die dieses Buch holte, von weit oben. Ich hatte ihre Bewegung vergessen, die mir damals unwiderstehlich erschienen war, die dicht beieinanderstehenden Füße auf Zehenspitzen und diesen Körper, der sich streckte, bis die Arme das oberste Regal erreichten. Ich hatte einen Text zu meinem gemacht, der von Francesca kam, der aber vor allem aus jenem Palazzo kam, aus dem *hortus conclusus*, aus dem mit einem Gitter verschlossenen Garten. Und ich dachte, es sei eine Fügung des Schicksals, vielleicht auch ein göttliches Zeichen.

Ich hatte Nunzia »terribilis ut castrorum acies ordinata« gesehen, ohne zu wissen, daß ihr Granatapfelbaum der aus dem *Hohenlied* war, daß ihr Garten der war, von dem das Buch Salomos erzählt. Daß ihr Verlangen aus diesen Versen kam, die namentlich ihr Vater, Professor Pirandello, übersetzt und kurz nach dem Krieg veröffentlicht hatte. Seine reine Leidenschaft für diesen Gesang, der den Bund Gottes mit den Menschen symbolisiert, war in einer anderen Form auf die Töchter übergegangen. Für Francesca ein Gesang von orientalischem Klang, erlesen und sonderbar. Für Nunzia dagegen ein Weg, ihre Unschuld zu verlieren. Ich gab das Inserat auf, aber noch ehe es gedruckt war, wußte Francesca, daß ich in der Pension »Milano« abgestiegen war. Sie schickte Carmine, den Chauffeur, mit einem Zettel zu mir. Ich habe nie erfahren, ob das Inserat für irgend etwas gut war.

Natürlich wurde in der Stadt über diese Verse gesprochen. Und man wußte sofort, daß sie von mir stammten.

»Der junge Professore war zu uns gekommen. Mit der Zeitung in der Tasche«, erzählte der Cavaliere. »Aber ich hatte an eine Geschichte mit verheirateten Frauen gedacht. Erst später haben wir gemerkt, daß der junge Mann in diesem Haus da ein und aus ging, und daß er die beiden kannte. Wer hätte das denn am Anfang gedacht?«

»Aber du wußtest es doch, Antonino, stimmt's?« bohrte Bonsignore weiter, während der Drucker den Kopf schüttelte. Hier brach das Gespräch ab, weil Polizeichef Frassari, der sich selten in diesem Café blikken ließ, ins Tripoli kam und der Cavaliere aufstand, um ihn an den Tisch zu bitten. Während alle Haltung annahmen, nutzte der Drucker die Gelegenheit und verschwand.

Antonino wußte nicht, an wen mein Inserat gerichtet war, aber im Tripoli drehte sich das Gespräch bereits um den neuen Artikel des Cavaliere, in dem es darum ging, wie sehr sich das Schulgeld erhöht hatte: »Ein Kind in der Oberstufe kostet 8500 Lire pro Jahr. Erscheint Ihnen das nicht zuviel, Questore?« Und mit diesem Stimmengemurmel ging auch dieser Nachmittag zu Ende.

Und Nunzia war noch immer nicht vorbeigekommen.

11

Nunzia kam erst zwei Tage später vorbei.

Um sieben Uhr abends verließ sie das Haus zu einem Spaziergang. Francesca, die damit beschäftigt war, alles im Palazzo nach Kräften in Ordnung zu bringen, sah man dagegen immer seltener. In der Zwischenzeit gab es zwei Neuigkeiten. Nunzia beschloß, dieses Jahr nicht mehr zur Schule zu gehen (obgleich sie mit den besten Noten versetzt wurde), während ich einen Monat später erfuhr, daß man mich nach Catania schicken wollte. Offen gestanden hatte ich sogar versucht, zu bleiben, wo ich war, mit Ninettas Hilfe, die in Rom einen gewissen Macaluso vom Bildungsministerium kannte. Nachdem ich den Versetzungsbescheid erhalten hatte, bekam ich einen Brief vom Unterstaatssekretär. Darin stand, man werde sich der Sache annehmen. Aber da hatte ich bereits beschlossen, wieder nach Deutschland zu gehen.

Ich schien ein Gespenst zu sein, mit dem die Ehrenmänner der Stadt nicht mehr reden durften, und das nicht einmal so sehr, weil ich Nunzia jetzt jeden Nachmittag besuchte, »wie man es früher in den Bordellen tat«. Sondern weil es mich überhaupt nicht interessierte, ob ich Gerüchten Einhalt gebot oder dieses Abenteuer mit ihnen teilte (und wenn ich »ihnen« sage, meine ich alle): vom bescheidenen Drucker bis hin zum Präfekten. Denn es hatte in der Vergangenheit durchaus schon Affären mit Minderjährigen gegeben, und es würde, darauf wetteten alle, auch in Zukunft welche geben, aber sie durften nicht lange dauern und mußten unterbunden werden, sobald sie sich herumsprachen. Zu allem Überfluß war da noch Francesca. War ich denn nicht der Verlobte der großen Schwester? Und stimmte es vielleicht nicht, daß die große wegen der kleinen verlassen worden war?

Das Gerücht, ich hätte moralisch unzulässige Beziehungen mit Francesca und mit Nunzia (und vielleicht mit Francesca und Nunzia zusammen), machte im ersten Monat die Runde. Dann verlor es sich, allerdings nicht aus Unachtsamkeit (was undenkbar war), sondern weil Maria Rosaria und das übrige Personal mit diesem endlosen Getuschel begonnen hatten: Die Signorina Francesca wollte den jungen Professore nicht mehr sehen; die Signorina Francesca sieht ihn nicht mehr; die Signorina Francesca wird ihrem Vater von Tag zu Tag ähnlicher. Und dann hat sich die Signorina Francesca ja auch so verändert! Sogar ihre Kleider sind nicht mehr wie früher. Die Signorina Francesca meint, der Garten wird allmählich zu teuer. Die Zeiten des Deutschen sind vorbei, der, um ihn nach seinen Wünschen anzulegen, den gesamten Erlös der dreihundert Hektar des Olivenhains von Floridia verbraucht hatte! Und Maria Rosaria war froh, daß nun alles anders wurde, und vielleicht wurde es ja wieder so wie früher: »Jetzt sagt die Signorina Francesca, Totò darf nur noch vormittags kommen, und nachmittags nur im Frühling oder Herbst, an zwei Tagen. Wissen Sie, mit all dem Wasser, das er für diese

Pflanzen braucht, hätte man auch Obstbäume pflanzen können, also wirklich!«

Zumindest eignete sich das Wasser dazu, den Skandal wegzuspülen, als sei er Blut, das schnellstens abgewaschen werden mußte. Skandale hatte es schon so viele gegeben, daß man sie nicht einmal mehr zählen konnte. Angefangen bei Donna Francas Krankheit, aus der man nie so recht schlau wurde. Es hieß, sie sei durch das ausschweifende Leben während ihrer Mädchenjahre in Palermo gekommen. Und dann diese gewissen Frauen von Professor Pirandello! Da war doch auch dieser uneheliche Sohn, der immer abseits gehalten wurde. Dafür, daß er der Sohn eines vornehmen Mannes ist, ist er wirklich ein armer Schlucker, der Autoreifen verkauft und repariert, und wenn sie ihn Bastard nennen, senken sie in der Stadt inzwischen nicht einmal mehr die Stimme, wie sie es früher noch taten. »Und wissen Sie, was er macht«, tuschelte Maria Rosaria weiter, darauf bedacht, daß keines der beiden Mädchen sie bei diesem Thema hörte, »wenn Carmine mit dem Auto kommt, läßt er ihn das Doppelte bezahlen. Mit Absicht, verstehen Sie! Vielleicht ist es recht so.«

Aber die Signorina Francesca würde auch die Sache mit dem Geld, die niemand kontrollierte, bald in Ordnung bringen. Denn Cinquefrondi hatte durchaus präzise Anweisungen erhalten. Donna Franca hatte vor ihrem Tod genau erklärt, wie die Erträge aus den Ländereien verteilt werden sollten. Aber er wirtschaftete gewinnbringend, für alle, und auch für sich selbst. Nach Donna Francas Tod hatte er keinen Fuß mehr in den Palazzo gesetzt. Und auch in der Stadt sah man ihn selten. Mit seiner dünnen Mappe und seinem noch frischen Äußeren erschien er morgens um acht am Tor der Via Umberto I, wo sein Büro lag, und kam nie vor neun Uhr abends heraus. Er machte auch keine Kontrollbesuche bei den Bauern mehr. Er bekam nämlich langsam Angst vor ihnen, und bedroht hatte man ihn auch.

Das Geld also floß nicht mehr so wie früher. Und Totò, der seinerseits die Aufgabe hatte, im Namen der Familie zu Cinquefrondi zu gehen, um die Geschäfte zu kontrollieren, kam jedesmal verzagt zurück.

Auch Totò merkte, daß die Zeit zu niemandes Gunsten arbeitete. Und vor allen Dingen nicht zu seinen. Man begann den Garten mit Argwohn zu betrachten. Besonders im Palazzo. Francesca hatte einen Plan im Kopf, einen Plan, der Totò beunruhigte. Ihn, einen Mann, der der Kraft einer Frau wie Francesca keinen Widerstand entgegensetzen konnte.

Und wenn sie nun beschlossen hatte, alles zu verändern? Wie konnte man sie aufhalten? Francesca wußte, daß die Abrechnung bevorstand. Also hielt Totò nach Verbündeten Ausschau. Er hätte gern Nunzia auf seiner Seite gehabt, aber Nunzia war nun verloren. Sogar um mich bemühte er sich irgendwie, wenn auch auf wirre Art.

Außerhalb des Palazzos standen die Dinge auch nicht besser. Der Skandal um Nunzia und Francescas Rebellionen hatten wie eine Schande nicht nur die beiden Mädchen, sondern die ganze Familie unter Anklage gestellt, die trotz gewisser exzentrischer Verhaltensweisen sowohl des Professors als auch Donna Francas an sich stets respektiert worden war. Aber weil man dann nicht mehr wußte, wem man die Schuld an dem geben sollte, was vor sich ging, begann man über diesen Garten herzuziehen, über seinen Schöpfer und über die Tatsache, daß die Dinge nicht mehr wie früher waren, seit der Garten das geworden war, was er war. Auch der Tante war es stets gut gegangen, früher einmal.

In dieses Spiel der Schuldzuweisungen wurde auch ich einbezogen. Mit meinem *Hohenlied* hatte ich die Grenze überschritten. Davon war vor allem das Episkopat von S. mit den Pfarrern der Kirchen des Stadtzentrums überzeugt. Besonders überzeugt war Padre Alessandro, der das Vorrecht genoß, die Dinge im Beichtstuhl zu erfahren. Er hatte schon immer gesagt, daß das *Hohelied* »in der Kirche lieber nicht gelesen werden sollte, weil die Gläubigen nicht reif für diese Worte sind, die nur dem pikant erscheinen können, der gewisse Zwangsvorstellungen im Kopf hat, gewisse Krankheiten des Körpers, von denen man nur durch die Kasteiung des Fleisches geheilt werden kann, die uns Gott nahebringt.« Von daher wäre es ohnehin zu dieser Sonntagspredigt gekommen. Auch wenn Padre Alessandro vorher keinen Besuch von Nunzia erhalten hätte. Auch wenn er nicht mit dem Erzbischof zusammengetroffen wäre.

Es wäre dazu gekommen. Trotzdem erregte es nicht wenig Aufsehen, als er das *Hohelied* auswählte, um es in der Predigt zu kommentieren. Ausgerechnet den Text, der die ganze Stadt beschäftigte!

Padre Alessandro hatte einen Bart, der damals noch kastanienbraun war. Obgleich relativ jung, hatte er kein einziges Haar mehr auf dem Kopf, aber einen energischen, glühenden Blick, der Unbehagen verursachte. Er war der einzige, der die Autorität besaß, über das *Hohelied* zu sprechen. Der Erzbischof hatte ihn gebeten, die Dinge in Ordnung zu bringen, dort in seiner Kirche San Francesco, gleich neben dem Archäologischen Museum. Und alle hatten das Gerücht weitergetragen: daß der Franziskanermönch über das *Hohelied* sprechen wollte und daß die Messe an jenem Tag eine klare Botschaft sein mußte. Unnötig zu erwähnen, daß sich die Kirche San Francesco für diese Gelegenheit besonders gut eignete. Eine Seite, und zwar die mit den Überresten der alten normannischen Kirche, verlief ein Stück parallel zu der Gartenmauer von Francesca und Nunzia. Dann neigte sich die Mauer beinahe bis an die Apsis der Kirche und bildete so eine Gasse, durch die nicht einmal die kleinsten Wagen paßten.

Es schien dann keine Messe, sondern eher eine Theateraufführung zu werden. Padre Alessandro trat auf die Kanzel und begann mit leiser Stimme. Er flüsterte fast. Eine tiefe Stille senkte sich im Kirchenschiff herab.

»Lest das *Hohelied*! Lest es und reinigt es von den Gedanken der Ungläubigen! Reinigt es und öffnet euren Geist für den Herrn! Gelangt dorthin, wohin die Gottlosen niemals gelangen können, die die Liebe gern mit der Schwäche des Fleisches verwechseln. Und denkt daran, daß Gott der Herr diese Verse in der

Bibel haben wollte, damit ihr lernt, das Leben und die Liebe als etwas zu verstehen, das über das Sichtbare hinausgeht. Der Herr verlangt von euch, das *Hohelied* wie eine Hymne zu sprechen, wie Musik, die Gott mit seiner Kirche vereint. Wie eine ewige Hymne, die nur der versteht, der den sicheren Glauben hat. Und Gott hat den Teufel wohl kaum ausgeschlossen, um all jene zu empfangen, die lachend glaubten, die Liebe, von der das *Hohelied* erzählt, sei der Triumph des Fleisches! Denn das *Hohelied* ist ein mystischer und vollkommener Gesang für den, der weiß, für den, der über das Naheliegende hinausdenkt. Aber weit öffnet es die Pforten der Hölle für den, der nicht über sich selbst hinausschaut, über sein eigenes irdisches Sein. Und so fragt euch nicht, was dieser Text bedeuten mag! Lernt, dorthin zu schauen!« Jetzt hatte Padre Alessandro wieder seine richtige Stimme, laut und dröhnend, und er wies zornig auf das Fenster der Apsis, das den heiligen Georg bei der Tötung des Drachens zeigte. »Schaut hinaus! Wartet, bis daß die Sonne aufgehe und euch erleuchte! Laßt euch von diesem Licht blenden, und dann schließt die Augen und versucht, an den Allmächtigen zu denken, an den, der euch liebt, und an diese Kirche, die euch aufnimmt, ihr Sünder, und die euch hilft, euch von euren Sünden zu befreien. Schaut euch um und seht, daß Satan da ist, er ist unter euch! Denn Satan zu erliegen, heißt zu denken, daß die Verse der Bibel etwas anderes sein könnten, etwas Leichtfertiges und sogar Unanständiges! Nein! Geht in euch! Besinnt euch darauf, daß eure Kirche der Weg in jenes Paradies ist, das wir alle ersehnen. Denkt an diese Kirche, seht euch diese Fresken an, diese Fenster, und hört die Orgel, die alles mit geistlicher Musik erfüllt, was nicht konkret faßbar erscheint! Und ist unsere Kirche eine Mauer, sollt ihr sie mit einem silbernen Bollwerk schmücken. Ist sie eine Tür, sollt ihr sie sichern mit Zedernbohlen. Denkt an die Verse aus dem *Hohenlied*: ›Si murus est, aedificemus super eum propugnacula argentea; si ostium est, compingamus illud tabulis cedrinis.‹ Tut dies, um den Herrn zu preisen, tut dies und denkt an folgende Worte aus dem *Hohenlied*, die ich euch in der Sprache sage, in der sie geschrieben wurden: *'azzah kammawet 'ahabah*. Hört, wie das klingt: *'azzah kammawet 'ahabah* ... Das bedeutet: ›Liebe ist stark wie der Tod‹. Und es bedeutet das, was ihr kennt, es bedeutet das, was ihr alle geschworen habt, als ihr hier vor mich hingetreten seid, um das unauflösliche Sakrament der Ehe zu besiegeln. Ein Sakrament, das auf euren Bund mit Gott dem Herrn verweist, mit seiner Kirche, mit unserer Kirche ...«

Padre Alessandros Worte drangen bis vor das Portal. Vor ihm war da eine ganze Stadt. Alle hörten ihm beeindruckt zu und wagten es nicht, über diese Predigt zu lächeln, die keinen Zweifel offenließ. Wenn niemand sonst in S. es gewagt hatte, diesen Sündern die Hölle zu zeigen, wollte er es jetzt tun! Wenn niemand sonst dem Skandal hatte Einhalt gebieten können, sollte man zumindest von dieser Kanzel aus eine Schmährede halten können und diesen verlorenen Seelen eine Chance geben!

Und Padre Alessandro hatte sehr wohl im Kopf, daß

diese Predigt, diese Sonntagsmesse, nicht für mich, nicht für Nunzia und auch nicht für Francesca zelebriert wurde. Sie richtete sich an alle, die sich unbehaglich dabei fühlten, daß sie mit derselben Luft, mit denselben Wohlgerüchen und mit denselben Wegen wie das Laster, wie die Sünde, in Berührung kamen.

Es konnte doch nicht alles so fest miteinander verknüpft sein! Heilige und Huren, ehrbare Existenzen und Sünder, die reif für die Flammen der Hölle waren. Padre Alessandro mußte sein Schwert ziehen und diesen Knoten durchschlagen. Und nur er konnte den rechten Weg weisen! Und dazusagen – weil es nie genug ist, weil es immerfort wiederholt werden muß – wo das Heil liegt und wo die Verdammnis.

Ich hatte die Bibel gelesen, um dieses Mädchen zu verderben, aber kann man denn ein junges Mädchen mit der Bibel in Versuchung führen, wenn man nicht selbst ein Dämon ist und wenn man die diabolischen Künste nicht beherrscht wie der Teufel selbst?

»Und so, liebe Gemeinde, können die Sätze der Bibel nur eine, nur eine einzige Bedeutung haben. Erfreut euch an diesen Versen: ›Dein Schoß ist wie ein runder Becher, dem es nimmer an Saft mangelt. Dein Leib ist wie ein Weizenhaufen, umsteckt mit Lilien.‹ Errötet nicht bei diesen Worten, liebe Gemeinde! Schaut her, zu mir, auf diese Kanzel! Und schämt euch und tut Buße, weil ihr es gewagt habt, bei diesen Versen unzüchtige Gedanken zu hegen! Senkt den Kopf und schaut eure Frauen, die neben euch sitzen, nicht an, wenn ihr gedacht habt, daß diese Worte etwas sagen, was sie in Wahrheit nicht sagen!«

Es war der Saft von Nunzias Granatapfelbaum und der bernsteinfarbene Saft, den sie aus diesen alten Amphoren trank. Nunzia hatte am Vorabend davon getrunken und zwei Granatäpfel zerteilt. Sie hatte sie auf einen Teller gelegt, der neben mir stand, auf meiner Seite des Bettes. Und ihr Atem ging schwer, die ganze Nacht, während ich nicht mehr schlafen konnte und Angst hatte, jemand könne in dieses Zimmer kommen. Nunzia hatte mir erzählt, daß Granatäpfel fruchtbar machen, daß Granatäpfel Glück bringen. Und sie hatte mir erneut diesen Wein eingeschenkt, so bernsteinfarben, wie ich noch nie einen gesehen hatte, und der die Lippen verklebte mit dem Zucker, der im Mund zurückblieb.

Nunzia hatte mir gesagt, sie wolle nie wieder in die Schule zurück. Sie hatte gesagt, ich dürfe unser *Hohelied* jetzt nur noch ihr allein vorlesen und nicht mehr ihren sexbesessenen Klassenkameraden, die jedesmal, wenn sie sie anschaute, zur Toilette liefen, um sich zwischen die Beine zu greifen. Mir schien auch, sie hatte Angst, daß jemand im Haus uns nachspionieren könnte. Und am nächsten Morgen sollten wir den Mut aufbringen, in die Kirche zu gehen, um Padre Alessandro wettern zu hören? Nein, das taten wir nicht. Im Gegensatz zu der gesamten Stadt, die den Mönch ungläubig anstarrte: »Vergeßt das nicht, der Schoß ist wie ein großer Becher! Und die Bibel sagt, dieser Becher dient dazu, die göttlichen Botschaften aufzunehmen, vor allem aber dazu, viele Seelen für Jesus Christus zu empfangen und zu gebären. Und er ist rund, weil er viel aufnimmt und nichts halten kann, da er nur empfängt, um zu geben. Er ist stets mit Quellwassern getränkt, die göttlichen Ursprungs sind, und ihm werden Gnaden sondergleichen gewährt, damit sie an die anderen weitergegeben werden. Euer Schoß ist eure geistige Fruchtbarkeit! Denn das versteht man unter ›Schoß‹! Dieser Leib ist wie ein Weizenhaufen, er besitzt all seine Qualitäten. Und er ist von Lilien umgeben, zum Zeichen vollkommener Reinheit. Reinheit, versteht ihr! Denn das ist das *Hohelied*: ein Gesang auf die Reinheit!«

In der Nacht zuvor, neben Nunzia, dachte ich an das, was Padre Alessandro am kommenden Tag wohl sagen würde. Er würde mich von seiner Kanzel herab verdammen. Er, von dem man sich erzählte, daß er im Begriff gewesen war zu heiraten und daß er am Tag der Hochzeit davonlief und dann Mönch wurde. Was würde dieser Mönch über mich und über Nunzia sagen? Daß ich mir sicher war, zu lieben?

»Geh nicht zu dieser Messe«, hatte Nunzia in dieser langen Nacht immer wieder zu mir gesagt. »Alle werden dich anstarren, bei jedem seiner Worte werden sie sich umdrehen. Denn er weiß Bescheid, weil ich gebeichtet habe. Ich bin zu ihm gegangen, weil ich die Sünden, die diese Blicke mir aufluden, loswerden mußte, von diesen Männern, die meinen Körper begehrten und mir nachschauten, als ich vorbeiging. Die es wirklich schon genossen, mich einfach nur vorbeigehen zu sehen. Auch der Mönch atmete schwer, so daß ich gar nicht verstand, was los war. Ich erzählte ihm alles, was ich gefühlt hatte, immer besser, und er antwortete mit keinem Wort. Ich erzählte ihm, daß ich mich quälte, aber nicht, weil ich gesündigt hatte, sondern weil ich dich immer noch begehrte, auch dort in der Kirche begehrte ich dich, dort, wo ich kniete, das Gesicht an diese Holzwand gepreßt. Da brüllte er, daß er weiß, wer ich bin. Daß ich auf Abwege geraten bin. Und daß er weiß, daß ich auf Abwege geraten bin. Er sagte, die Sünde des Fleisches ist etwas für Tiere. Und wenn sie vorbei ist, muß man fortlaufen, weggehen und bereuen. Und er hat deswegen geweint, denn auch ihm ist das passiert, und es darf nie wieder passieren. Darum ist er Mönch geworden, verstehst du, um die Versuchungen zu vertreiben. ›Mönch!‹ schrie er mich an, ›nicht Priester! Weil die Mönche das Keuschheitsgelübde ablegen. Und ein Gelübde bricht man nicht. Niemals! Ein Gelübde ist eine Verpflichtung vor unserem Herrn Jesus Christus.‹ Und dann fragte ich ihn, ob er denn die Versuchungen nun vertrieben hat. Ich wollte ihn nicht aufregen. Aber er fing an mir zu erklären, daß die Welt eine Täuschung ist, daß man mit dem Teufel kämpft. Daß der Teufel in allerlei Verkleidungen daherkommt und dich genießen läßt. Er will dich mitnehmen. Da antwortete ich ihm, daß es der Wein gewesen war, dieser Wein, weißt du, und daß ich das Gefühl gehabt hatte, genau das zu tun, was ich wollte. Und daß du mir nicht wehgetan hattest, als du das erste Mal in mich eindrangst, und deshalb suchte ich dich erneut. Weil ich Lust hatte und an nichts anderes denken konnte. Und ich konnte es kaum erwarten, es noch einmal zu tun. Und ich sah meinen Körper an, der nun anders war. Ich ging zum Spiegel, zog mich nackt aus und sah mich an. Ich drehte mich zur Seite, und es schien mir, als sei ich vollkommen. Dann nahm ich mir die Kleider aus Mamas Schrank, die aus ihrer Jugendzeit. Und ich ging aus, ich spazierte umher, als hätte ich sie alle auf der Haut, alle diese Männer, meine ich, es gefiel mir und erschreckte mich. Ich habe dem Mönch gesagt, daß man auch im *Hohenlied* von der Frau spricht, von ihren Brüsten. Auch in der Bibel steht: ›Dein Busen ist lieblicher als Wein, und der Geruch deiner Salben übertrifft alle Gewürze ...‹.«

Wer saß in der ersten Reihe? Viele, die vorher noch nie in dieser Kirche gesehen wurden. Alle wegen dieses Mönches, der das frevelhafte Mißverständnis zerstören mußte, das eine ganze Stadt in die Hölle führte. Der alles und jeden läutern mußte, wie nur er es verstand. Und das, obwohl sie im Kloster geglaubt hatten, er werde bald wieder fortgehen, als er damals aus Siena kam. Aber fünfunddreißig Jahre waren ins Land gegangen, und er hatte sich nicht mehr weggerührt. Auch wenn ihm der toskanische Tonfall erhalten geblieben war: »Was denkt ihr bei den Worten: ›Wie schön sind deine Brüste‹? Denkt ihr, Gott spricht über den Körper? Über diesen Körper, der bis zum Tag des Jüngsten Gerichts zu Staub zerfallen ist? Gott spricht über den großen Bund zwischen ihm und eurer Seele. Und die Brüste sind schöner als Wein, weil sie Wein und Milch haben: Wein für die Starken und Milch für die Kinder!«

Jemand nickte. Die anderen begriffen alle recht wenig von den Worten dieses Mannes, der in noch jungen Jahren berufen worden war, das Franziskanerkloster eines fernen Landstrichs zu leiten. Trotzdem konnte nur er ein endgültiges Machtwort zu dieser Verruchtheit sprechen, nur er konnte Ordnung schaffen und von seiner Kanzel herab über alle herrschen.

Dafür, daß sie verstanden, was er da erzählte, gab es allerdings keine Gewähr. Denn Padre Alessandro war davon überzeugt, daß diese Verse den Bund zwischen Christus und der menschlichen Seele, die er als Braut bezeichnete, verherrlichten. Doch in der Kirche gelang es keinem der Gläubigen, an andere Brüste und an andere Gärten zu denken als an die, die allen wohlbekannt waren – und absolut irdischer Natur. Weshalb Padre Alessandros mystischer Eifer Gefahr lief, sich in eine Waffe zu verwandeln, die sich gegen sich selbst richtete: »Die Fruchtbarkeit der Seele soll so beschaffen sein, daß sie einem lieblichen Garten voller Granatäpfel gleicht. Der Granatapfel ist das Sinnbild für die in Nächstenliebe vereinten Seelen. Jede Seele ist ein Kern dieser Frucht.«

Nunzia wollte Padre Alessandro beichten, daß dieser Baum sie anzog wie sonst nichts, was in diesem Garten rings um den Granatapfelbaum blühte: »Aber das hab ich ihm doch nicht gesagt. Weil er schon herumschrie. Trotzdem mußte er sich anhören, was ich sagte, und ohne es irgendwem weiterzuerzählen, weil ich ja die Beichte ablegte. Und das gefiel mir. Aber als ich ihm von dem Granatapfelbaum erzählte, begann er mit der Hand heftig gegen das Holz zu schlagen, und er wollte weglaufen. Doch ich blieb auf den Knien. Und ich dachte, meine Sünden würden mich verbrennen wie die Hexen, und auch das gefiel mir. Und ich wollte es dir erzählen. ›Du wirst in die Hölle kommen‹, sagte der Mönch. Und ich dachte, daß nicht nur ich in die Hölle kommen würde. Daß auch die anderen dorthin kommen. Alle. Alle, die an der Mauer lehnten und meinen Körper anstarrten, der so heilig war, wie der von der Frau aus dem *Hohenlied*. Und auch der Mönch wird dorthin kommen. Und je mehr seine Stimme zitterte, desto mehr freute ich mich. Darum erzählte ich ihm noch andere Dinge, die gar nicht stimmten, nur um ihn schreien zu hören: ›Padre, ich habe auch wider die Natur gesündigt.‹ Sein Atem ging immer schwerer. Ich kniete so da und erzählte ihm, daß ich jedesmal, wenn ich niederkniete, an solche Sachen dachte. Dann sprach er lateinisch und sagte: ›More ferarum, more ferarum.‹ Er sagte, so darf man nicht, das ist ja wie bei den wilden Tieren. Ich antwortete ihm, daß auch im *Hohenlied* geschrieben steht: ›Mein Liebster steckte seine Hand durchs Riegelloch, und mein Schoß und meine Brüste wallten ihm sogleich entgegen.‹ Warum sollte ich mich also dafür verdammen?«

»Weil der Geliebte im *Hohenlied* Gott ist!« sagte der Padre bebend und stützte seine Arme kraftvoll auf die Brüstung der Kanzel, während er sich nach allen Seiten umwandte, als wolle er sich keinen einzigen Blick entgehen lassen, keinen einzigen Blick aus der Menge, die ihm dort unten zuhörte. »Und die Geliebte, die Braut, ist die Seele, diese eure Seele, die ihr retten müßt! Und wenn Gott nun ruft, wenn Gott die letzten Entsagungen und die äußersten Opfer von euch verlangt, was tut ihr dann? Euer Schoß, euer Innerstes ist in Aufruhr, weil die Hand Gottes euch berührte ...«

Maria Rosaria erzählte, die Predigt habe bis zum Abend gedauert. Und Padre Alessandro habe nicht eine Pause gemacht. Nicht eine, nicht einmal, um einen Schluck zu trinken! Nicht einmal, um Luft zu holen! Aber so war es nicht, die Messe dauerte nur fast den ganzen Vormittag. Die Leute kamen beeindruckt heraus: Wer diese Liebesgesänge noch nicht gekannt hatte, begriff nun, daß nicht einmal auf die Bibel Verlaß war. Und Gaetano war in Sorge, weil seine Tochter Annunziata »bevor sie schlafen ging, die Gleichnisse liest«. »Und wenn sie nun auf diese sich öffnenden Gewänder stößt und auf diese hüpfenden Brüste und auf diesen ganzen Honig?« Und jemand verbesserte ihn: »Sie wippten, Gaetano, Sie erinnern sich nicht richtig, haben Sie Nunzia nicht mehr vor Augen, wie sie ihren Schritt beschleunigt? Wie sie um die Ecke von Salvatore Costantinos Haus biegt? Sehen Sie sie sich von vorn an, das ist ein Schauspiel!«

Gaetano sagte nichts, er hatte seinen Hut aufgesetzt und den Kopf eingezogen. Vielleicht dachte er, diese Nunzia sei tatsächlich zur Schlacht angetreten wie ein Heer und die ganze Stadt sei belagert. Aber nein, garantiert dachte er das nicht, denn zu solchen Gedanken war Gaetano gar nicht in der Lage, er zog durch die Höfe und stopfte Matratzen aus. Wahrscheinlich hatte ein anderer das gesagt, Pasquale Monteforte, der Rechtsanwalt, oder Carmelo Accolla, der im Leben noch nie etwas zuwege gebracht hatte außer Fraueneroberungen, von denen alle wußten. Aber er war ein guter Rommépartner und kannte die Modelle sämtlicher Sportwagen. Er, Accolla, hätte eine wie Nunzia nicht einmal angesprochen: Wie sollte man auch? Gewiß, sie sah aus wie eine Frau, aber sie war noch keine, das konnte man ihm glauben, denn davon verstand er was! Über ihre Schwester dagegen sprach niemand mehr – die mit dem nordischen Blick. Aber für die würde sich die Mühe lohnen!

Francesca ging nicht mehr aus dem Haus. Und selbst im Palazzo war sie nicht leicht zu finden. Außer für Totò, der sie zwangsläufig treffen mußte. Seit sie beschlossen hatte, daß ihr Leben in diesem Palazzo stattfand und daß alles wieder so werden sollte wie früher. Was mich anging, dachte ich, ihr distanziertes Verhalten sei auf meine Geschichte mit Nunzia zurückzuführen. Aber ich täuschte mich. Francesca hatte jeden Teil von sich ausgelöscht, der nicht ihrer neuen Gegenwart entsprach. Und sie hatte entschieden, daß dieser Garten der Traum eines verrückten Deutschen und einer Mutter gewesen sei, die zu krank war, um bis ins letzte zu verstehen, was da geschah. Schade, daß ihr Vater, der Professor, damals nicht mehr lebte, denn er hätte diese Kathedrale der Botanik ohne jede Logik niemals zugelassen.

»Ich habe Padre Alessandro gesagt, daß sie mich einsperren können, weißt du? Daß auch Francesca mir wegnehmen kann, was mir zusteht, weil ich noch nicht volljährig bin und nicht über mich selbst entscheiden darf. Und soviel ich weiß, will Francesca mich aus der Schule nehmen und Totò wegschicken. Dich wird sie auch wegschicken, aber geh nicht zu dieser Messe morgen! Du darfst da nicht hingehen, denn er wird mit dem Finger auf dich zeigen, und alle werden sich umdrehen. Du wirst hinten stehen, ich habe es geträumt, ich habe es erst gestern geträumt, du wirst dich ans Taufbecken lehnen. Und er wird dich nicht beim Namen nennen, nein, das wird er nicht tun, doch er wird auf dich zeigen, mit dem Finger, und zwar so genau, daß alle dich ansehen werden, niemanden sonst. Und wenn du hingehst, wird er sagen, daß er dich exkommuniziert, daß du mit dem, was du gerade tust, keinen Fuß in eine Kirche setzen darfst. Er hat auch zu mir gesagt, er wird mir nicht erlauben, in die Hölle zu gehen, und auch du sollst da nicht hingehen, ich aber bin nicht entscheidungsfähig, und man muß mich vor den Versuchungen der Schlange schützen. Da spürte ich, wie mich ein Schmerz durchzuckte, ich stand auf und wäre fast gefallen, und ich ging durch das Portal hinaus. Auf der Straße sahen mich alle an wie immer. Doch diesmal nahm ich sie nicht wahr. Ich wartete nur darauf, daß der Abend kam, denn mit dem Abend kamst du.«

Ich erinnere mich an jedes Wort in jener Nacht. Auch an die Worte von Francesca, die ich am Nachmittag getroffen hatte, als ich die Treppe hinaufging. Zum ersten Mal sah sie mich haßerfüllt an. Sie sagte, die Dinge »nehmen Wendungen und Richtungen, die man nicht erwartet«. Sie sagte, ihre Mutter habe ihr die Obhut über ihre Schwester und den Palazzo anvertraut. Und natürlich den Garten. Sie sah mich mit der Miene eines Menschen an, der weiß, was geschehen muß. Und ich dachte an die Geschichte in Paris, an den Tag, als sie erzählte, daß sie davongelaufen sei und Dialekt gesprochen habe. Ich dachte, daß Francesca nicht Dialekt gesprochen hatte. Ich dachte, daß das nicht stimmte und daß ich über diese Sache überhaupt nichts wußte. Ich erinnerte mich an den unvollständigen Satz des Professors in Tübingen, über den Gärtner. Nun war Francesca erstarrt und erloschen, sie wirkte wie eine weltfremde Frau, sorgsam darauf bedacht, diesen Ort auf wer weiß welche Ursprünge zurückzuführen, aus einer Zeit, in der Neumark und Donna Franca ihn noch nicht verändert hatten.

Doch an jenem Abend ahnte ich nicht, daß das Stück Land, das Jahre zuvor erworben worden war, um den Garten zu erweitern, bereits verkauft war. Und daß in weniger als einem Jahr kaum eine Pflanze mehr auf dieser Fläche stehen würde. Und daß sie dort das Fernsprechamt bauen würden.

Dieser Bau sollte einen großen Teil des Gartens verdrängen. Totò sprach nun mit niemandem mehr. Er bat nur inständig, wenigstens einige Pflanzen retten zu dürfen. So wurden sie alle für den Garten der neuen Villa von Cristoforo Priolo verkauft, diesem Stahlunternehmer, außerhalb von Catania, von dem man sich in der Stadt erzählte, er sei steinreich. Kaum auszudenken, daß Totò nach sechs Monaten, nach nur sechs Monaten, schon weg war, bei Priolo, bereit für seine neue Arbeit!

›Ist es denn möglich, daß gewisse Gerüchte nicht bis nach Catania dringen?‹ fragte man sich im Tripoli. Vielleicht drangen sie doch bis dorthin, aber Totò war jetzt ein Zauberer, und er hatte in dieser Villa zwei Zimmer mit Blick auf den Garten. Wer ihn wiedersah, sagte, es gehe ihm gut. Was den Garten der Pirandello betrifft, also das, was davon noch übrig war, standen da nur noch wenige Bäume. Eine sehr hohe Zeder, zwei Palmen und der Granatapfelbaum. »Das dürfte genügen«, hatte Francesca gesagt. Der Rest wurde unter einem Zementhof für Autos begraben, der bis an die Kirche heranreichte, die den Mönch aus Siena mit dem visionären Blick bekannt gemacht hatte.

Natürlich hatte Padre Alessandro an diesem Morgen über den Garten des *Hohenliedes* gesprochen. Aber alle wußten, daß er eigentlich »den« Garten meinte. »Wenn ihr lest: ›Ihr, die ihr in den Gärten wohnt‹, müßt ihr wissen, daß dieser Garten ein Wunder des Herrn ist, er ist der Ort der Stille, wo die menschliche Seele inmitten von Blumen, wunderbaren Früchten und wohlriechenden Pflanzen Ruhe findet, darauf harrend, sich wieder mit Gott zu vereinen. Das sind keine Gärten der Lüste, wo man auf Abwege gerät, wo die Sinne betäubt werden und man in Vergnügen und Täuschung lebt! Sie sind ein Ort der Meditation, des Wartens auf SEIN Kommen, auf die Ankunft des Herrn. Erst dann kann diese tiefe, erhabene Stille aufbrechen.«

Und Nunzia redete weiter, in der Nacht davor, besänftigt vom Wein und vom Schirokko: »Dann erzählte ich ihm, daß ich schon sündigte, wenn ich nur durch den Garten ging. Ich trat aus der Tür von Maria Rosaria und kam zum Granatapfelbaum, der nicht viel Schatten spendet. Ich versuchte, all diese Gedanken abzuschütteln, denn auch Neumark hatte mir gesagt, daß der Granatapfelbaum viele Bedeutungen hat. Neumark hatte gesagt, er kommt vom Ort des *Hohenliedes*. Er hatte gesagt, ich soll nicht dorthin gehen, weil dort die schlechten Gedanken kommen. Damals lachte Francesca darüber, inzwischen denkt sie genauso. Sie will ein Stück des Gartens verkaufen, sie will Totò wegschicken. Aber mit dem Granatapfelbaum wird sie das nicht tun, falls doch, bringe ich sie um. Ich schwöre es, ich bringe sie um! Francesca hat nicht mit diesem Mönch gesprochen, ich schon. Und als ich ihm erzählte, daß der Granatapfelbaum von dort stammt, antwortete er, ich soll gegen den Dämon ankämpfen, der Besitz von mir ergreift und mich hinwegrafft.«

Es vergingen höchstens sechs Stunden, und schon sprach man im Tripoli über diesen Mönch, der vom Erzbischof höchstpersönlich eingesetzt worden war, und jemand erwähnte einen Kardinal aus Rom, der Bescheid gewußt hatte und die Geheimnisse dieses Hauses und des Gartens kannte.

»Der deutsche Gärtner«, sagte Bonsignore, »er ist es, der vom Teufel besessen ist. Don Gaetano sagt, dieser Mönch ist einer, der alle Sprachen spricht, auch die, die er nicht kennt. Er sagt, er hat gewisse Kräfte, und der Erzbischof weiß das. Und Don Gaetano sagt auch, daß der Mönch, ich meine, Padre Alessandro, ihn ganz plötzlich besucht hat, gestern, glaube ich. Und der Erzbischof mußte erst herbeigeholt werden, weil er schon geschlafen hatte. Und als sie ihm sagten, es sei dieser Mönch, zog er sich so hastig an, daß all seine

Gliederschmerzen wie weggeblasen waren. Don Gaetano sagt – wirklich, Ehrenwort! – er sagt, sie haben sich in der Bibliothek eingeschlossen. Und es war gar nicht daran zu denken, daß man von außen irgend etwas hören konnte. Nichts, rein gar nichts!«

Don Gaetanos Worte hatten die Runde durch die Stadt gemacht. Sie waren bis zum Tripoli gelangt, sie waren überallhin gelangt. Schließlich konnte man bei so einer Familie ja auch nicht ruhig bleiben. War der Vater, Professor Pirandello, nicht ein Ungläubiger gewesen? Und hatte Donna Franca seinerzeit nicht etwas zu verbergen? Was war mit dieser Krankheit? Und mit dieser Beziehung zu dem Deutschen, mit diesem um jeden Preis gewünschten Garten, der ein Buch der Lüste zu sein schien? Und die große Tochter? War sie nicht die erste, die Anstoß erregt hatte? Als sie ins Ausland ging, um das Gehirn zu studieren? In der Stadt war diese Familie immer ein Fremdkörper, ja es hatte sogar den Anschein, als wohnten sie überhaupt nicht hier in der Gegend! Nur der Palazzo war allen vertraut, die auf den umliegenden Straßen vorbeikamen.

»Glaubt mir, hier hat der Teufel seine Hände im Spiel«, sagte Pippo Parlato.

Darauf der Cavaliere: »Wissen Sie überhaupt, was für ein Teufel das hier ist? Wir sind im Jahr 1959, meine Herren, und Sie reden, als wären wir noch in der Zeit der Kreuzzüge! Der Teufel steckt hier einfach in diesen Beinen, in diesen Hüften, in diesem Mund. Haben Sie ihren Mund gesehen? Ich weiß nicht, inwieweit der Erzbischof diese Geschichte verstehen kann. Ich weiß aber, daß beim Anblick einer Frau, die dich auf diese Weise provoziert, jeder, der daran glaubt, die Hölle sieht. Die Hölle, sage ich! Und wenn sie dann auch noch minderjährig ist, schlagen die Flammen um so höher und verbrennen alles. Sehen Sie, wie es dem jungen Professore jetzt geht? Und wie er dagegen aussah, als er kam? Ein schöner junger Mann. Elegant. Mit gutsitzenden Jacketts. Ja, ja, gewiß nicht so wie jetzt, wo er wie ein Kriegsheimkehrer wirkt! Wie einer von denen, neben deren Kopf eine Mine hochgegangen ist und die überhaupt nichts mehr verstehen. Sie sagen, Padre Alessandro hat heute vormittag in der Kirche erklärt, er müsse eine ganze Stadt von der Sünde befreien?«

»Ja, und er hat auch gesagt: ›Wer an den Herrn glaubt, weiß, wovon ich rede. Und er wird nicht weiter fragen, weil schon darüber reden, sündigen heißt.‹«

»Wie schön uns Pippo Parlato diesen Satz zitiert hat! Und er hat mir einen Gefallen getan«, fuhr der Cavaliere fort. »Aber was bitte, mit Verlaub, was können diese Mönche schon vom Fleisch wissen? Das Fleisch ist nicht schwach, meine Herren! Das Fleisch ist die wahre Glückseligkeit!«

An jenem Nachmittag wurde dieses Thema so ziemlich überall diskutiert. Weil man wissen wollte, wie es war, wie es geschah und vor allem, warum. Es wäre dasselbe gewesen, wenn Nunzia sich auf dem Balkon des Palazzos gezeigt und das wiederholt hätte, was sie dem Mönch während der Beichte sagte: »Sie können das nicht verstehen, Padre, aber je mehr ich mich mit ihm vereine, desto verbundener fühle ich mich mit etwas, von dem ich mich nicht trennen kann, weil ich sonst sterbe.« Wenn er gekonnt hätte, wäre Padre Alessandro mit einem Fluch auf den Lippen hinausgerannt. Aber natürlich konnte er das nicht. Er zischte nur: »Jetzt ist es genug«, und seine Atemzüge wurden wieder ruhig und tief.

»Aber warum dann dieser Abendspaziergang?« fragte sich der Cavaliere, als wollte er das Gespräch beenden.

»Weil sie auf diese Weise anstößig ist«, antwortete ein Mann, der nicht zu dem Grüppchen gehörte und vom Tisch neben dem Eingang aus zuhörte.

Irgendwer drehte sich erstaunt um, als könne man alles andere erwarten als einen vernünftigen Satz von einem mit diesem Gesicht.

»Anstößig für wen? Für uns, die wir hier sitzen und auf sie warten? Oder für ihre Schwester, die schlimmer ist als sie? Oder für den seligen Herrn Professor und Donna Franca? Warum haben Sie die beiden nie in der Stadt gesehen? Wurden nie von ihnen angesprochen? Mit diesem Deutschen und dem jungen Professore. Tja, weil sie den jungen Professore kannten, der kam ganz und gar nicht aus dem Nichts. Der war in Deutschland zum Mittag und zum Abendessen bei ihnen.«

»Und er trieb es mit der großen Tochter«, erwiderte der Cavaliere leise und ungehalten über diesen allzu entschiedenen Auftritt von Bonsignore.

»Er hat es mit ihr getrieben? Na, vielleicht. Was wissen wir schon darüber!«

»Aber von der Kleinen wissen wir es.«

»Erzählt man sich«, gab der Cavaliere zurück. »Aber wenn ich sehe, wie sie herumläuft, glaube ich das auch.«

Erst jetzt gab der abseits sitzende Herr dem Kellner ein Geldstück, stand auf und sah sie alle an: »Sie wissen, daß Padre Alessandro bereit ist. Soviel steht fest, jawohl. Padre Alessandro hat uns von der Lästerung gegen die Heilige Schrift befreit. Jetzt ist das Mädchen dran.«

»Dran womit?« erkundigte sich jemand.

»Herr im Himmel! Nur dieser Mönch kann sie noch befreien!« Und kopfschüttelnd ging er davon.

Niemand sagte ein Wort. Aber es blieb noch zu erfahren, was der Padre und der Erzbischof besprochen hatten.

Was Francesca betraf, merkten langsam alle, was sie tun wollte.

12

»Professore, es ist besser, wenn Sie von hier fortgehen! Alle sehen Sie so merkwürdig an. Man sagt, Sie sind schuld. Und überhaupt, wenn Nunzia vorbeigeht, hält alles inne. Dann herrscht ein Schweigen, wie ich es nur nach den Bombenangriffen erlebt habe.«

Der Drucker hatte sich hinter dem Friedhof mit mir verabredet. Er war aufgeregt: »Zuviel Gerede, zu viele Worte, zu viele Geschichten! Und wenn man bedenkt, daß nichts davon wahr ist! Das wissen sie auch selbst! Doch jetzt erzählen sie sich, die Nunzia hat den Teufel im Leib! Soll ich Ihnen mal etwas sagen, Professore? Meiner Meinung nach sind sie es, die vom Teufel in Versuchung geführt sind! Und nicht die Nunzia. Und sie wollen sie nicht mehr so herumspazieren sehen, weil sie zu einer fixen Idee wird, zu einer Fieberphantasie! Man redet über nichts anderes mehr in der Stadt. Früher hörte man im Tripoli etwas über die Christdemokraten und die Kommunisten. Oder von einem, der sich einen Fiat 600 gekauft hat. Alles mögliche. Man erfuhr auch etwas, wenn der Cavaliere kam, Sie kennen ihn ja. Ich habe ihn immer respektiert. Aber jetzt? Nichts mehr! Nicht einmal Briscola spielen sie mehr, und wenn sie jemanden auf der Straße kommen hören, drehen sie sich alle zusammen um. Besonders, wenn die Zeit heran ist, Nunzias Zeit. Und jetzt wollen alle etwas erfahren. Wie das

Haus ist und der Garten, und wie die Zimmer sind. Und dann auch alles über die Schwester. Professore, hören Sie auf mich, gehen Sie fort! Sie wissen doch, hier in der Nähe liegt die Grotte, wo man alles hört, wo der Tyrann die gefangenhielt, die ihn verjagen wollten. Und er stand oben und hörte alles mit an, was sie redeten. Auch über Sie weiß man alles, Professore!«

Es schien das Los der Stadt zu sein, ein großes Ohr des Dionysio, wo es nicht möglich war, gedämpft zu sprechen, weil jeder Ton, auch die geflüsterten, zu Worten wurden, die alle hörten. Daher begriff ich noch besser, was ich gerade tat. »Professore«, sagte Antonino, »Sie sind aus gutem Hause. Sie sind reich. Sie wissen doch, daß das einfache Volk sich da nichts herausnimmt.«

Ich vermutete, das galt auch für die beiden Schwestern. Und teilweise war es auch so. Wenn da nur nicht diese Art gewesen wäre, umherzuspazieren und diesen Körper zur Schau zu stellen, der, wie Professor Proietti eines Nachmittags im Tripoli sagte, »wie eine Statue des Phidias war. Vollkommen! Vielleicht ein bißchen mager, aber dagegen ließe sich ja etwas tun.«

Professor Proietti war Kunstkritiker und schwärmte für klassische Gewänder und Anblicke. Aber Nunzia war durchaus keine Phidias-Statue. Nunzia war ungezähmt, gewunden wie eine Kletterpflanze, straff und biegsam zugleich. Die Farbe ihrer Haut war dunkel, nicht durchscheinend. Aber auch nicht zu dunkel. Ihr Haar war von schimmerndem Schwarz. Doch vor allem war ihr Gang eine Bewegung, die sich tief vom Rücken hinauf bis zu den Schultern fortsetzte wie eine Welle, die sich einem Beben gleich auf ihren Brüsten zu brechen schien.

Das hatten sie gesagt: ein Beben, als würde man vom Schlag getroffen. Das hatte auch der Mönch gedacht, dieser Padre Alessandro, der überzeugt davon war, daß nur der Teufel dieses Heilige und dieses Unheilige vereinen konnte, diesen Körper als Hüter der Sünde und diese leidenschaftliche Stimme. Dieser Padre Alessandro hatte dem Erzbischof gesagt, wenn er an den Teufel glaube, so aus Trägheit, doch er wolle sich die Hände nicht mit hexenähnlichen Praktiken wie Teufelsaustreibungen schmutzig machen. Außerdem würde man niemandem aus der Kirchengemeinde den Zutritt zu diesem Palazzo gestatten. Wenn man es versuchte, geriete man nur in Verlegenheit.

Daher wollte der Erzbischof bestenfalls einer Messe in der Kirche San Francesco zustimmen, und wenn Padre Alessandro die wahre Bedeutung des *Hohenliedes* predigen wollte, würde seine hohe Meisterschaft der ganzen Stadt zugute kommen. Im übrigen soll dieses Fleisch doch verderben! Es gibt Sünder, an denen uns mehr liegt: »Das da ist eine Welt, die dem Wort des Herrn verschlossen ist. Da wäre schon ein Wunder nötig. Ein wahres Wunder, Padre Alessandro!«

Doch diese Worte des Erzbischofs überzeugten Padre Alessandro nicht. »Monsignore, gestatten Sie, daß ich mich erkläre. In diesem Mädchen – denn es handelt sich um eine noch recht junge Frau – steckt etwas anderes als der Wunsch, sich ganz in seinen Sinnen zu verlieren, etwas anderes als der Irrtum, den Körper als Quelle der Lust anzusehen. Da ist nicht nur die materialistische Philosophie, nein, Monsignore, es ist nicht nur das! Da ist eine Erleuchtung, eine Leidenschaft, eine Rigorosität im Ausleben all dessen, was frevelhaft ist! Denn sie offenbart ihre Lust am Fleischlichen, an dem Mann, der sich mit ihr – natürlich und widernatürlich – vereinigt, mit einer Leidenschaft, die der von heiligen Jungfrauen gleicht, wenn sie über Jesus Christus unseren Herrn sprechen. Nur der Teufel, Monsignore, kann dieses Meisterwerk der Heimtücke und der Täuschung vollbracht haben!«

Aber dem Erzbischof hatte dieser Mönch nie sonderlich gefallen. Sein Blick verursachte ihm Unbehagen, weil er ihn nie abwandte, und er kam beim Reden so dicht heran, daß man zurückweichen mußte. Er hatte ihm nie gefallen, weil er wollte, daß die Bäume laufen lernten und die Tiere sprechen. Und er begriff nicht, daß Schweigen eine unverzichtbare Tugend war. Denn auch Jesus Christus unser Herr hatte viele Jahre lang geschwiegen. Aber da oben, in der Toskana, wo Padre Alessandro aufgewachsen war, sind die Leute anders. Hier unten gehen Blut und Fleisch in die tägliche Rechnung mit ein. Wozu sich also über eine Sechzehnjährige wundern, die sich einem etwas erwachseneren Burschen hingibt? Wozu dafür Satan bemühen?

»Satan ist der schreckliche Schöpfer trügerischerer Pläne, heute verführt er die Massen«, antwortete der Erzbischof geduldig. »Satan bastelt gerade an einem unheilvollen Meisterstück, das uns zerstören wird: am Materialismus, am Kommunismus, Padre Alessandro! Hierzulande lernen die Mädchen die Männer schon zeitig kennen. Und früher war es noch schlimmer! Für die Armen, für die Hungerleider in dieser Region gab es nur die Freuden des Fleisches. Aber wenn der Teufel wirklich hierher gekommen ist, dann ist er gekommen, um alles zu vernichten, um die Menschen dazu zu bringen, Gott zu leugnen! Haben Sie gesehen, was bei den letzten Wahlen geschah? Kommunisten und Sozialisten haben zehn Millionen Stimmen erhalten! Das macht zehn Millionen Atheisten! Jetzt sagen Sie nur noch, das sei nicht das Böse! Lesen Sie getrost Ihre Messe, damit Salomos *Hoheslied* respektiert wird, aber überlassen wir lieber unseren kleinen Geistlichen die Entrüstung über diesen Körper ...«

»Der schändlich ist«, fuhr Padre Alessandro dazwischen.

»Gewiß, schändlich, gewiß. Doch überlassen wir ihnen die Aufgabe, die Seelen vor dem Laster, vor den Verirrungen der Fleischeslust zu warnen. Und was uns betrifft, so werden wir gemeinsam in den Kampf gegen den Materialismus ziehen! Und das zur höchsten Ehre von Gott, dem Herrn.«

Nunzia konnte sich wohl noch ein Weilchen vergnügen, dachten die wenigen, die den verärgerten Mönch herauskommen sahen. Es war nur an der Zeit, die Predigt auszuarbeiten. Die Gedanken dieses Mannes waren rigoros wie die Worte des *Hohenliedes*, aber auch süß wie dessen Honig und duftend wie dessen Wohlgerüche. Die Verlockung dieser Verse nahm nun konkret Gestalt an. Und jedesmal, wenn Padre Alessandro an diese Worte dachte, die ihm früher herrlich wie die Pforten des Himmelreichs erschienen waren, vollkommen wie die Gesichtszüge der Madonna von Lippi und erhaben wie der Heilige Geist, jedesmal, wenn er an dieses *Hohelied* dachte, an diese Brüste und an diesen Schoß, der wie ein Becher war, kam ihm unwillkürlich dieses Mädchen in den Sinn, das sanft und erstaunt über niedrige, schmutzige Dinge sprach.

Sie hatte es wirklich getan, hatte es gewagt, das Haus Gottes zu betreten, durch das Kirchenschiff zu schlendern und dann bei Bruder Beniamino ausgerechnet nach ihm zu fragen! Und sie hatte ihm erzählt, daß sie vor ihrem Liebhaber genauso niedergekniet war, wie sie nun auch vor ihm kniete. Sie hatte ihm erzählt, daß ihr dieses Niederknien jedesmal wie eine Geste erschien, die zum Vergnügen einlud. Und daß es einen Spiegel in dem Zimmer gab, und daß sie diesen Mann, als er sich ihr näherte, im Spiegel betrachten konnte.

Wie hatte sie es wagen können, sich durch das Gitter des Beichtstuhls zu zeigen, während sie Worte wie diese sprach? Er, Padre Alessandro, hatte sie angestarrt, keinen Blick konnte er von ihr wenden! Da hatte der Erzbischof gut reden, wenn er sagte, der Teufel habe damit nichts zu schaffen! Welcher Spuk hatte ihn denn zum Sklaven dieser Worte gemacht? Worte, die dieses Mädchen in die Inkarnation schändlicher Wollust verwandelten! Wo war die Seele dieses Mädchens, das von seinem Körper sprach wie von dem Vollkommensten, was Gott je hatte erschaffen können? Und vom Sex wie von dem direkten Weg des Unvollkommenen hin zur Vollkommenheit?

Denn das hatte Padre Alessandro gedacht. Daß der

direkte Weg zur Vollkommenheit, mit einem nagenden Gewissen, durch diesen Körper ging.

Nunzia wußte, daß dieser Mann die Pflicht hatte, sie anzuhören. Und daß er ein Gelehrter war, wie es sie dort sonst nicht gab. Darum, so erzählte sie mir an jenem Abend, war sie in die Kirche gegangen, denn: »Ich wollte mit diesen heiligen Worten beichten. Sie sind wie ein Gebet: ›Osculetur me osculo oris sui‹. Aber er darauf, ich würde Gott lästern! Da sagte ich ihm, daß ich Angst habe. Weil ich nachts Schritte höre und ich damit rechne, daß jemand in dieses Zimmer kommt. Womöglich der Deutsche. Die Frauen im Haus sagen, daß sie ihn manchmal sehen und daß dann das Tor zur Gasse offensteht. Dabei hat niemand im Haus einen Schlüssel zu dem Vorhängeschloß. Wie kann das also sein? Maria Rosaria sagt, daß Totò einen Schlüssel hat und vielleicht sogar der Deutsche. Und nachts, du glaubst es nicht!, habe ich ihre Schritte im Garten gehört, schon so oft! Francesca sagt jetzt, das sind Gespenster. Sie sagt das nicht, um mich zu erschrecken, weißt du, sie glaubt jetzt ganz einfach daran. Sie sagt, da ist eine Frau, die durch die Gartenmauer geht. Vielleicht tut sie das, weil sie den Garten nicht mehr will. Und Maria Rosaria ist völlig verschreckt und geht nach acht Uhr nicht mehr raus, nicht einmal um Holz zu holen, das nur zwei Meter entfernt vor der Küchentür liegt. Auch das habe ich dem Mönch erzählt: Ich weiß, daß Neumark von Zeit zu Zeit zurückkehrt. Es heißt, er sei tot, aber das ist nicht wahr. Das letzte Mal liegt nicht einmal einen Monat zurück. Es war noch hell. Jemand im Haus weiß, wo man ihn finden kann, auch wenn er weit weg wohnt. Aber daß er sich tagsüber blicken läßt, hatte ich nicht für möglich gehalten. Irgend etwas geht da vor.«

Nunzia schaute zur Decke hinauf und redete, doch ich hörte immer deutlicher Schritte auf dem Gang. Nunzia redete weiter, und dabei schlief sie schließlich ein. Ich verließ das Zimmer und schaute in den Garten hinunter, aber da waren keine Gespenster. Ich ging durch den Musiksalon und betrat den Festsaal. Ich dachte an den Cavaliere, dem vielleicht letzten in der Stadt, der von sich behaupten konnte, dieses Haus von innen gesehen zu haben.

Auch wenn das schon viele Jahre her war, »1934 oder 1935, und die große Tochter war noch gar nicht geboren«. Der Cavaliere erzählte, daß alle auf diesem Fest waren, »vom Ingenieur Gaspare Conigliaro bis hin zu den Giacarà und den Cocuzza. Und Giuseppe Urso, der Bürgermeister, war auch da, und er sah mich zuerst wütend und später fast schon amüsiert an, weil ein Antifaschist wie ich ihm plötzlich von Angesicht zu Angesicht gegenüberstehen konnte, obwohl er doch in dieser Stadt ›der Faschismus‹ war.«

Wie viele Leute paßten wohl in diesen Saal? Dunkelheit und Schweigen dehnten alles aus. Ich schaute zur Galerie hinauf, die kreisförmig die Glaskuppel umschloß, deren tiefblaues Muster wie ein orientalischer Himmel wirkte. »Wozu nur dieser Empfang?« hatte sich der Cavaliere immer wieder gefragt. »Da diese Familie doch damals sogar einen wie Eduardo Di Giovanni von oben herab ansah, den bekannten

Advokaten, der dann später, gleich nach dem Krieg, Abgeordneter wurde. Von jener Welt ist nichts geblieben. Der Krieg hat alles weggefegt. Nicht nur den Faschismus.« Für den Cavaliere war es nicht schwer, sich nostalgischen Gedanken hinzugeben. Und wenn er diesen Saal noch einmal hätte sehen können, wie ich ihn in jener Nacht sah, hätte er alle im Tripoli mit wer weiß was für einer Geschichte in seinen Bann gezogen. Doch er war nur einer der vielen, die davon erzählten, wie sie an jenem Septemberabend zur Musik des Orchesters getanzt hatten, und es gab keinen Grund für ihn, in diese Räume zurückzukehren.

»Meinem Vater war zu Ohren gekommen, daß etwas nicht in Ordnung sei. Weil in der Mitgliederliste der faschistischen Partei, die mittlerweile aus Leuten bestand, die man nicht kannte, sein Name nicht auftauchte. Nicht weiter schlimm. Nie hat jemand deswegen Rechenschaft von meinem Vater verlangt. Wer hätte es auch gewagt?«

Francesca stand plötzlich hinter mir und sprach, als hätte sie meine Gedanken gelesen. Und ohne Licht zu machen. Sie hob den Arm eines Grammophons und senkte die Nadel auf die Platte, die auf dem Plattenteller lag. »Mein Vater wollte nie erzählen, was sie mit ihm vorhatten. Damals kam ihm der Gedanke, die ganze Stadt einzuladen. Man zündete die Kronleuchter an, und das Orchester kam mit dem Schiff aus Neapel. Die kleinen Faschistenführer, die inzwischen das Kommando über alles hatten, lud er nicht ein, dafür aber den Bürgermeister. Mit diesem großen Fest hörte alles auf. Danach zogen sich mein Vater und meine Mutter für viele Jahre in den Palazzo zurück. Mein Vater gab seine Lehrtätigkeit auf. Es waren Jahre intensiven Studiums. Wenig später wurde ich geboren. Und Nunzia ein paar Monate vor der Landung der Amerikaner. Aber schon Ende 1945 waren wir in England, dann in der Schweiz und in Deutschland. Mein Vater sprach nach diesem Fest mit niemandem mehr in der Stadt. Als wir in dieses Haus hier zurückkehrten, ließ meine Mutter die Instrumente in eine Kammer schließen und stellte in der Mitte das Grammophon auf, mit der Platte, die mein Vater ihr in Deutschland geschenkt hatte. Sie hörte sie jeden Nachmittag, vor Sonnenuntergang, in gedämpfter Lautstärke. Weißt du, meine Mutter war auf ihre Art Faschistin. Sie war Faschistin, bis sie einem von ihnen begegnete. Dann sagte sie, daß sie nach Stall stanken und dreckige Fingernägel hatten, und dann diese armseligen Koppel und Stiefel! Aber Ordnung, ja Ordnung konnten sie halten! Die gleiche Ordnung wie der Gärtner – ein Wahnsinniger, der die Außenanlagen des Hauses in ein unerträgliches Labyrinth verwandelt hatte. Unerläßlich, es niederzureißen und ins Leben zurückzukehren!«

Auf der Platte spielte ein Orchester, gedämpft, dazu bestimmt, im Hintergrund zu bleiben. Genau wie diese andere Musik, fünfundzwanzig Jahre früher, die sich letztlich nicht von dem Stimmengewirr, von den Kristallgläsern aus Baccarat und von den Kellnern abhob, die hinter nackten Rücken entlangglitten, als seien sie unsichtbar. Der Professor unterhielt sich mit allen, doch für die wichtigsten Gäste war der Beginn um eine halbe Stunde vorverlegt worden, gerade soviel, wie für einen Aperitif genügte, der in der Bibliothek serviert wurde. Und gerade soviel Zeit, wie das Orchester brauchte, um die Instrumente zu stimmen. Und dieses fortwährende Spannen und Lockern der Saiten, das Anbringen der Rohrblätter und das Befestigen der Mundstücke wirkte wie das Präludium eines modernen Musikwerks, das ein Mutiger früher oder später spielen würde. Maria Rosaria erinnerte sich an lautes Tellergeklapper und Gläserklirren, an Schritte überall, oben, im ersten Stock mit diesem Parkett, das unter der Last all derer, die kamen und gingen, endgültig in die Brüche zu gehen drohte. Und dazu die Fackeln im Garten, der damals noch kleiner war. Ich ging zum Fenster und sah hinaus, und ich dachte, daß ich noch nie mehr als zwei Menschen auf einmal bei einem Spaziergang auf diesen Wegen gesehen hatte. Doch Francesca rührte sich nicht. Sie sprach weiter, reglos neben dem Grammophon.

»Ich dachte, du seiest meinetwegen zurückgekehrt. Aber dann hast du meine Schwester entdeckt. Nein, ich werfe dir nichts vor. Mein kurzer Brief war keine Einladung zur Rückkehr. Du bist zurückgekehrt. An den falschen Ort. Morgen wird die ganze Stadt vor diesem Mönch stehen, der die Dinge wieder geraderücken wird. Nunzia wird hier nicht mehr in die Schule gehen. Es gibt da ein Internat in Deutschland, wo sie ein paar Jahre bleiben kann. Und du? Was wirst du machen? In einer Stadt, die nicht deine ist und in der du einen Skandal verursacht hast? Skandale vergißt man hier nicht, und man verzeiht sie auch nie.

Allerdings nur deswegen nicht, weil sie die Dinge in Bewegung bringen, weil sie Unordnung schaffen. Nicht wegen der Moral. Seit ich wieder in Sizilien bin, denke ich an meine Jahre in Frankreich und in Tübingen zurück, an dieses Meer im Norden, von dem ich dir erzählt habe. Meine Mutter sagte immer, nur ich würde letztlich in diesem Palazzo bleiben. Ich wurde wütend, schlug die Tür zu und fuhr wieder ab. Doch sie hatte recht. Ich bin die einzige, die hierbleiben wird.«

Ich dachte an die Schritte, die ich auf dem Gang gehört hatte. Francesca begab sich nachts an einen Ort, der jedem angst gemacht hätte. Als sie damals aus Paris floh, hatte sie bereits beschlossen, daß ihr Leben endgültig in einem langen Schweigen begraben werden sollte, jenem Schweigen, das sie sich in der Vorlesung gewünscht hatte. Als sie sich der Kraft der Hypnose nicht widersetzen wollte. So kehrte sie zurück. Denn es gab keine anderen Orte, zu denen man aufbrechen konnte, als diese Räume, diese Mauern, in denen niemand mehr wohnte. Und was war über den Garten zu sagen? In dem niemand mit gesundem Menschenverstand je tropische Bäume gepflanzt hätte? Neumark war fähig, die Bäume nach der Kraft und der Hitze der Winde auszurichten. So war dieser Garten plötzlich für alle von einem Jahr auf das andere jenes Wunder geworden, das er war.

»Ich habe gesehen, wie Nunzia gestern ausging«, sagte Francesca mit gesenkter Stimme. »Nicht du hast sie so verändert. Ihr Körper hat sich genommen, was er brauchte. Gestern hätte meine Mutter sie sehen müssen, wie schön sie war! Wenn sie sie doch so hätte sehen können! Mit den Kleidern, die einmal ihr gehörten, mit diesem Schmuck ... Sie bewegte sich auf eine unglaubliche Art! Sogar Maria Rosaria hatte den Blick gesenkt. Ich weiß, was sie dachte. Sie kannte meine Mutter schon als junges Mädchen, aus der Zeit, als sie so alt war, wie Nunzia jetzt ist. Sie sagt, sie gleichen sich aufs Haar. Verstehst du?«

Ich hörte diese Stimme nun aus der Ferne, als verklänge sie in den verlassenen Räumen. Francesca und Nunzia taten mir leid. Gezwungenermaßen in diesem leeren Haus zu wohnen, zusammen mit einer kranken Mutter und diesem Neumark, der allen die Seele gestohlen und »diesen armen Kerl von Totò verrückt gemacht hatte«! Und wenn Maria Rosaria das sagte, konnte man Gift darauf nehmen.

»Totò war kein armer Kerl. Glaub das ja nicht! Er war es, der sich um Neumark bemühte«, redete Francesca weiter. »Für Neumark waren Frauen und Männer einerlei, er machte keinen Unterschied. Was mich anging, traute er sich nicht einmal in meine Nähe. Er wußte, daß ich ihn nicht wollte. Bei Nunzia kann ich es nicht sagen. Als er in dieses Haus kam, war sie noch ein Kind. Im letzten Jahr bemühte er sich vielleicht um sie, aber Nunzia hat nie darüber gesprochen. Höre nicht auf das, was im Haus erzählt wird! Neumark ist mit einem bißchen Geld auf und davon, gewiß nicht mit mehr, als dieser Cinquefrondi uns im Laufe der Jahre abgenommen hat. Aber du hast Neumark doch gesehen, wie er um dieses Haus strich. Totò weiß, wo man ihn findet, und Totò ist in Sorge. Sehr sogar. Er hat Angst um seinen Garten, und er will mir angst machen. Da ist jemand, der nachts draußen umhergeht, aber noch bevor man unten anlangt, ist er schon wieder verschwunden, durch eine der Türen in der Gartenmauer, die Totò so gut kennt. Es ist der reinste Kulissenzauber, an den nur die Hausmädchen glauben. Neulich habe ich sie dabei ertappt, wie sie in der Küche standen und erzählten, sie hätten in der vergangenen Nacht den Deutschen hinten zwischen den Bäumen wandeln gesehen. Sie behaupten, er sei ein Geist, weil Totò allen erzählt, Neumark sei bei einem Schiffbruch ums Leben gekommen.«

»Das hast du mir aber auch erzählt«, sagte ich.

»Ich habe gelogen. Weil du zuviel fragst. Aber auch, weil ich zuerst herausfinden mußte, was Neumark von Totò wollte. Jetzt weiß ich es. Und ich habe die Schlösser sämtlicher Gartentüren auswechseln lassen. Seitdem hat man keine flackernden Lichter mehr gesehen.«

Totò wollte, daß der Garten blieb, wie er war. Er sagte, ein höherer Geist habe ihn erschaffen. Aber wo er Neumark gefunden hatte, um ihn hierher zurückzuholen, hat niemand je in Erfahrung bringen können. Plötzlich war mir, als sähe ich im Garten eine sich bewegende Gestalt. Francesca zeigte sie mir: »Siehst du sie? Das ist Nunzia. Um nach unten zu kommen, muß sie durch das Zimmer hier nebenan gegangen sein. Sie hat die Musik gehört, und sie hat unsere Stimmen gehört. Jetzt beobachtet sie uns von weitem. Wie sie uns alle schon immer von weitem beobachtet hat. Meinen Vater, meine Mutter, mich. Mein

Vater fühlte sich ihr gegenüber sogar befangen. Ich aber haßte sie. Ich haßte ihr Schweigen. Und ihre Schönheit. Denn immer bin ich schön gewesen, bei mir waren immer alle daran gewöhnt. Bei Nunzia nicht. ›Nunzia‹, sagte jeder, ›übersteigt alles Dagewesene.‹ Sieh dich jetzt nur an! Offenbar kannst du von nichts anderem mehr leben. Sie ist ein Rätsel. Nur meine Mutter konnte ihre Gedanken erraten, sie unterhielten sich oft, ganz allein. Auch als Mama nicht mehr richtig im Kopf war, fanden sie einen Weg. Einen Weg, den ich nicht kannte. Ich, die ich meinen Vater liebte, weil er ein klarer Mann war, von einer Klarheit, die ich bewunderte. Und das weißt du. Jetzt bist du hier, in diesem Saal, und ich wäre gern an dem Tag hiergewesen, als er sie alle anschaute, stolz auf seine Intelligenz und fähig, unter allen hervorzuragen.«

Francesca redete, doch ich konnte den Blick nicht von diesem leichten Körper wenden, den ich vom Fenster aus sah, mit dem offenen Haar, unter dem Granatapfelbaum. Nunzia war so nah, daß ich ihr in die Augen sehen konnte. Die Musik setzte wieder ein, noch ein weiteres Mal. Ich drehte mich zu Francesca um, doch ich war schon allein.

Epilog

Ich hatte mir ein Auto gekauft. Ich wußte, daß ich S. auf andere Weise verlassen würde. Ich war mit dem Zug angekommen, ich würde mit dem Auto abreisen. Ich wollte mich nicht mit Koffern am Bahnhof sehen lassen. Ich hätte die Blicke der Leute nicht ertragen. Trotzdem würde ich mich nicht wie ein Dieb davonstehlen. Ich wollte vor der Abfahrt eine Nachricht hinterlassen. Damit alle Bescheid wußten.

In den Tagen vor meiner Abreise geschah etwas Unvorhergesehenes. Der Cavaliere läutete an meiner Tür. Genau zwei Tage nach Padre Alessandros Predigt war bekannt geworden, daß Francesca Pirandello den »zusätzlichen Garten«, wie er von allen seit jeher genannt wurde, verkauft hatte. Und die schönsten Pflanzen auch. In der Stadt hieß es, Cinquefrondi habe schon vor drei Monaten verkauft, und zwar für eine hübsche Summe. Übrigens gab es sonst so direkt in der Altstadt keine Grundstücke, und dieser Bau dort ist das einzige moderne Gebäude zwischen barocken Häusern und kleinen Gärten geblieben. Noch heute kann man bei einem Gang durch die Via Palmieri hinter der Kreuzung bei Sant'Irene rechter Hand den merkwürdigen Kontrast zwischen dem nunmehr verfallenen Palazzo und dem robusten, hellglitzernden Spiegelglasturm sehen, der damals wie ein Mahnmal der Zukunft aufragte. Nicht nur dieser Bau veranlaßte zu der Bemerkung, daß sich die Zeiten änderten. Das Tripoli sollte wenige Jahre später schließen und einem Autosalon weichen. Doch seine Besucher hatten ihren Treffpunkt schon vor geraumer Zeit verlagert. Sie gingen ins Café Vittorio, wo man einen kleinen Saal, der eigens für das Briscola-Spiel reserviert war, nutzen konnte und große Schaufenster, um sich am Anblick der vorübergehenden Mädchen zu erfreuen.

Alles veränderte sich so schnell, daß der Cavaliere sich nicht damit abfinden konnte. Seine Zeitung stand zum Verkauf, erzählte er, aber niemand würde dieses Blatt je haben wollen, das voller Fehler war und zunehmend schlechter gedruckt wurde. Catania schien nicht länger die Stadt zu sein, in der die Geschäfte abgewickelt wurden und die Dinge geschahen. Jetzt gab es auch in S. junge, dynamische Anwälte, die aus neuen Kreisen stammten. Nicht mehr aus den üblichen Familien, die alle miteinander verwandt waren und seit wenigstens einem Jahrhundert in der Stadt den Ton angaben.

Der Cavaliere hatte mich zu Hause aufgesucht, wenn ich auch nicht recht begriff, warum. »Die Democrazia Cristiana ist das, was wirklich zählt«, sagte er bekümmert. »Das sind die eigentlichen Herren. Wenn man bedenkt, daß es in dieser Stadt gleich zwei Freimaurerlogen gab! Die Timoleonte und die Archimede. Ich war in der Timoleonte, mein lieber Professore. Und auch Ihr Schulrat war dort Mitglied. Bei aller Bescheidenheit, diese, sagen wir, disziplinarischen Maßnahmen gegen Sie sind auf dem Schreibtisch liegengeblieben, reine Makulatur. Denn es ist immer für etwas gut, ein Träumer zu sein. Wissen Sie, Professore, ich bin zu Ihnen nach Hause gekommen, weil ich mit Ihnen sprechen wollte. Ich habe gehört, daß Sie fortgehen, zurück ins Ausland. Sie tun gut daran.«

Wenn ich an den Cavaliere denke, wie er da in dem Ledersessel saß, den ich aus Catania mitgebracht hatte, mit seinem Stock, der an der Armstütze lehnte, muß ich lächeln. So war er ein Journalist, wie er im Buche steht: »Was für eine Karriere hätte ich machen können, wenn ich eingewilligt hätte, zur ›Gazzetta del Popolo‹ nach Turin zu gehen! Aber ich blieb lieber hier. Wissen Sie, alle denken, Sie sollten das Mädchen, also die Nunzia, heiraten. Donna Franca und der Professor hätten sich gefreut. Aber sagen Sie, stimmt es denn, daß Sie das Gartenstück gekauft haben? Wenn es so ist, wäre da nicht nur die Telephongesellschaft an einem Kauf zu guten Bedingungen interessiert, sondern auch eine sehr ehrenwerte Firma. Ich sage Ihnen das, weil man durchaus auch andere Möglichkeiten erwägen sollte. Wenn Sie mir aber sagen, daß Sie nichts davon wissen, dann reden sie in der Stadt dummes Zeug.«

War er gekommen, um Geschäfte zu machen oder um etwas über Nunzia zu erfahren? Vielleicht war er nur gekommen, um sich von mir zu verabschieden. »Der Cavaliere ist komisch«, hatte Antonino einmal zu mir gesagt. »Er will immer alles verstehen. Aber das gelingt ihm nicht mehr so wie früher.« Antonino hatte recht, und der spöttische Ton, den er für den Cavaliere übrig hatte, offenbarte seine Zukunftspläne: »Mit meiner Kriegsinvalidenrente komme ich ordentlich über die Runden. Ich bin jetzt sechzig Jahre alt. Und meine Augen lassen langsam nach. Der Cavaliere wird einen tüchtigen, flinken Burschen finden, der außerdem noch beide Arme hat.«

Wie die Nachricht aufgekommen war, ich hätte dieses Gartenstück von Francesca gekauft, kann nur dem ein Rätsel sein, der nicht weiß, wie sich in dieser Stadt Gerüchte verbreiten. Es hieß: »Die Kleine erwartet ein Kind«, und sie werde deshalb weggeschickt. Es hieß, der Erzbischof habe zugestimmt, daß sie von dem Bösen erlöst werde, allerdings in einer anderen Erzdiözese, möglicherweise in Caltagirone. Der Klatsch und Tratsch dieser Monate war verworrener als sonst. Es war wie am Ende des Festes der heiligen Lucia, wenn die Feuerwerkskörper alle auf einmal explodieren und die Kinder sich wegen des Getöses die Finger in die Ohren stecken.

Auch Nunzia hatte das so gemacht. Sie ging noch einmal spazieren und tat so, als sei überhaupt nichts Besonderes. Es kamen sogar die Ordnungshüter. Ein paar Frauen beschimpften sie. Im Café Vittorio wurde sie ignoriert. Kleine Jungen begannen, sie zu belästigen, während die Gruppe um den Cavaliere im Tripoli keine Miene verzog. Man spielte weiter Karten, als sei nichts gewesen. Die Rufe der Jungen, die bei Nunzias Anblick außer sich gerieten, wechselten mit dem Klappern der Fensterläden, die zugeschlagen wurden.

Nunzia ging unter meinem Fenster vorbei. Ich betrachtete sie durch die angelehnten Läden. Und die folgenden Verse aus dem *Hohenlied* schienen eigens für sie geschrieben zu sein:

Wie schön sind deine Füße in den Sandalen.
Die Rundung deiner Hüften
ist wie von eines Meisters Hand gemacht.
Dein Schoß ist wie ein runder Becher,
gefüllt mit berauschendem Wein.
Deine Brüste sind wie zwei Gazellen,
dein Hals ist wie ein Turm von Elfenbein.
Deine Augen sind wie die Teiche von Hesbon.
Deine Stirn ist wie der Turm auf dem Libanon,
der aus der Höhe nach Damaskus sieht.
Dein Haar hat die Farbe von Purpur …

Doch nun waren es Worte ohne Sinn. Wäre ich hinuntergegangen, um sie vorzutragen, niemand hätte mir zugehört. Hätte ich von meinem Pult aus erklärt, daß es keinerlei Unterschied zwischen der Liebe zu Gott und der Lust dieses Körpers gibt, sie hätten mich verflucht. Doch hätte ich die Leidenschaft gebeichtet, die ich für die Linie dieser Schultern und für diesen Rücken empfand, sie hätten mich vielleicht verstanden. Mißbilligt, aber verstanden. Sogar Padre Alessandro hätte mir die Absolution erteilt. Ohne Entrüstung, denn die Versuchung des Fleisches ist eine der gewaltigsten Masken des Teufels. Es gibt keinen Mann, der nicht daraus hervorgegangen ist wie aus einer wiederkehrenden Krankheit.

Aber was wollte ich? Über Liebe sprechen, nachdem Maria Rosaria das Stöhnen, die erstickten Schreie, die Sprungfedern des Bettes gehört hatte, die quietschten wie bei einer schmutzigen Orgie? Ich sprach über Liebe, als ich dieses Mädchen verdarb, das man sicherlich gerettet hätte, wenn ich ihm nicht – wie Don Gaetano es nannte – »jene Lust« gezeigt hätte, »aus der nie jemand zurückgekehrt ist«.

Was also wollte ich? Daß Gott der Herr dieses Laster billigte, als sei es eine mystische Hochzeit? Nunzia hatte es während der Beichte gesagt: Gott mußte auch in diesen Augenblicken da sein. Sonst wäre dieses *Hohelied* nie geschrieben worden.

Hätte ich bei irgendwem das Wort Liebe verwenden können? Bei meinem Vater? Oder bei meiner Schwester Ninetta, die immer wieder sagte: »Du kannst nicht erwarten, daß sie sie zur Heiligen erheben. Nicht einmal Maria Magdalena wurde heiliggesprochen, hurenhaft, wie sie war! Und das, obwohl sie keinem Geringeren als Jesus Christus die Füße gewaschen hat!«

Und dann Nunzia, man stelle sich vor! Eines Nachmittags hatte ihr ein Junge hinterhergeschrien, sie sei besser als Kino. Er hatte recht. Nunzia bewegte sich wie eine Göttin, und ich würde sie verlieren. Meine Schwester Ninetta starrte mich verblüfft an: Was soll denn das für ein Skandal gewesen sein? Eine Bettgeschichte. Nicht die erste und erst recht nicht die letzte. In diesem Alter gibt es Mädchen, die noch kindlich sind, und Mädchen, die den Sex und die Männer entdecken. Davon gibt es, soviel man will, auch schöne. Ich war nun wie Professor Sarullo mit der Zigeunerin. Einer, »der eine Schwäche für junge Mädchen hat«. Einer, den anständige Familienväter niemals zu sich nach Hause einluden, wenn sie eine fünfzehnjährige Tochter hatten. Meine Schwester hatte es gleich gesagt: »Die hält es an einem Ort wie diesem nicht lange aus.« Und da ahnte sie sicherlich nicht, daß Nunzia zu dem Mönch gehen würde, um ihm zu sagen, daß das Niederknien zum Gebet genauso ist wie das Niederknien zum Liebesspiel.

Ich hatte aus Freiburg eine Einladung nach Deutschland erhalten, und für Nunzia standen nun die Tore eines Internats offen, direkt am Bodensee. Francesca würde sich, vielleicht für immer, in jene Räume zurückziehen. Und was Totò angeht, ist schon alles Nötige gesagt.

Mein Auto war bereits vollgepackt, als ich die Wagentüren noch einmal abschloß und mich zu Fuß zur Nummer zehn der Via Idomeneo aufmachte, einhundertfünfzig Meter vom Tripoli entfernt. Doch vorher war ich am Palazzo von Francesca und Nunzia vorbeigegangen, obgleich ich bereits wußte, daß sich das Gitter des Gartens nicht öffnen würde.

Nunzia war drei Abende zuvor nach Palermo abgereist, zusammen mit einem Cousin. Von dort aus würde sie nach Mailand weiterfahren und dann zu diesem Grenzort zwischen der Schweiz und Deutschland. Zum letzten Mal hatte ich sie an dem Tag gesehen, als sie an meinem Fenster vorüberging. Die letzte Nacht war die vor Padre Alessandros Predigt gewesen, als Francesca im Musiksalon mit mir sprach.

Ich blieb vor dem Gitter stehen, und aus einem Radio klang ein Lied herüber. Im Refrain hieß es: »So war diese Liebe mit dem verfehlten Finale so herrlich und wahr, daß sie euch täuschen konnte.«

Mit diesem Refrain im Kopf kam ich zur Drukkerei. Antonino stand mit dem Rücken zu mir. Er reinigte mit einer Bürste die Druckerpresse. Von dem geräumigen Dachgeschoß drang das Schreibmaschinengeklapper des Cavaliere herunter. Antonino hörte meine Schritte, schaute in den Spiegel am Ende des großen Raums und fragte, ohne sich umzudrehen:

»Stimmt's Professore, Sie sind's?«

»Ja, Antonino.«

»Sie gehen fort, nicht wahr?«

»Ja, Antonino, aber vorher ...«

»... wollen Sie ein Inserat aufgeben«, ergänzte er und kam auf mich zu.

»So ist es.«

»In Ordnung. Sagen Sie mir, was ich schreiben soll?«

»Wissen Sie, ich hatte da einen Zettel mit dem *Hohenlied*. Ich habe ihn mitgebracht. Da steht: ›Viele Wasser löschen die Liebe nicht aus, und die Ströme ertränken sie nicht.‹«

»Geben Sie her.«

»Nein«, erwiderte ich. »Auf dem Weg hierher, hörte ich nämlich ein Lied im Radio, und im Refrain hieß es: ›So war diese Liebe mit dem verfehlten Finale so herrlich und wahr, daß sie euch täuschen konnte.‹«

»Und was wollen Sie nun? Den Satz aus dem *Hohenlied* oder lieber das hier?« fragte Antonino.

»Ich habe es mir anders überlegt, ich will das hier, das Lied.«

»In Ordnung, aber Sie müssen mir den Satz in Druckbuchstaben geben, klar und deutlich. Wollen Sie ihn auf drei Zeilen?«

»Machen Sie es, wie Sie wollen«, sagte ich und schrieb den Text langsam auf die Rückseite meines Zettels.

»Lieber auf drei Zeilen«, entschied Antonino.

Ich verabschiedete mich von dem Drucker. Er rief mich zurück, als ich noch in der Tür stand: »Professore, entschuldigen Sie! Sie wissen doch, nicht wahr? Diesen Satz hier werden alle lesen.«

»Ja, aber jetzt ist niemand mehr da«, antwortete ich, ohne mich umzudrehen.

Das Schreibmaschinengeklapper des Cavaliere verstummte für einen Augenblick. Dann setzte es emsiger als zuvor wieder ein.

Danksagung

Ich möchte den Menschen danken, die an diesem Buch mitgearbeitet haben, besonders Andrea Cane, der an diesen Roman geglaubt hat und mir während der gesamten Niederschrift zur Seite stand. Wo es notwendig war, habe ich das *Hohelied* neu übersetzt und mich dabei auf die Fassung aus dem Lateinischen von Cesare Angelini und vor allem auf die Übertragung aus dem Hebräischen von Amos Luzzatto gestützt.

Ein Dankeschön geht an Federica, die mir in diesen Jahren viele Geschichten und Episoden erzählte, die sich auch in diesem Buch wiederfinden.

Dieser Roman ist meiner Mutter und meinem Vater gewidmet.

Rom, den 1. Dezember 1998 R.C.

Zur italienischen Übersetzung des *Hohenliedes* durch Cesare Angelini

Da bin ich geworden in seinen Augen wie
eine, die das vollkommene Alter hat.
Hoheslied 8,10

Im Lateinischen: »Ex quo facta sum coram eo quasi pacem reperiens«. Das hebräische Original ist rätselhafter, so daß es schwierig ist, eine unanfechtbare Interpretation zu liefern. Fast immer wird der Satz (im Italienischen wie im Deutschen) übersetzt mit:

Da bin ich geworden in seinen Augen wie eine,
die Frieden findet.

In meinem Buch sieht Cavalier Attilio Corpaci, wie Nunzia vorübergeht, »unbeirrt, anmaßend, ohne jemanden auch nur eines Blickes zu würdigen«, und kommentiert dies mit einem Satz, der dem Roman seinen Titel gibt: »Es scheint, sie hat das vollkommene Alter«. Damit verweist er auf den Augenblick, da der Körper zu Reife, Vollkommenheit und Glückseligkeit gelangt und eine unwiderstehliche Kraft offenbart. Im hebräischen Text gibt es ein Wortspiel mit dem Namen der Frau, Sulamith. Indem sie sich selbst hingibt, gibt Sulamith auch das Schalom, Frieden (das hebräische »Schalom« läßt übrigens eine Vielzahl von Übersetzungen zu. Eine davon ist »vollkommen« oder: »unversehrt«). Cesare Angelini hat sich jedoch für eine andere Übertragung entschieden: »Come una che ha l'età perfetta« (wie eine, die das vollkommene Alter hat). Das vollkommene Alter, um sich mit dem Bräutigam zu vereinen und Frieden und Wohlbefinden zu geben. Doch diese Übersetzung geht über die allegorische Interpretation hinaus.

Das vollkommene Alter wird hier eine Epiphanie, eine göttliche Erscheinung, nichts weniger als der Anblick der Weiblichkeit, ein Zustand der Gnade, der ausschließlich dem Willen der Sinne gehorcht. Und der eine ganze Stadt zum Stillstand bringen kann.

R. C.

(Die Anmerkungen in Klammern stammen von der deutschen Übersetzerin.)